KB132439

H 파일

LE DOSSIER H
by Ismaïl Kadaré

H 파일

LE DOSSIER H.

Ismaïl Kadaré

이스마일 카다레 장편소설

이창실 옮김

문학동네

일러두기

1. 주석은 옮긴이주다.
2. 본문 중 고딕체는 원서에서 이탤릭체 등으로 강조한 부분이다.
3. 장편 문학작품과 기타 단행본은 『 』, 연속간행물 등은 〈 〉로 구분했다.

차
례

H 파일 _007

해설 _237

I

그 외교 서신이 도착한 건, 겨울이 작은 후진국들의 수도를 우선적으로 챙기고 싶어한다는 인상을 주는 우중충한 날이었다. 워싱턴 주재 알바니아 왕국 공사관은 뉴욕에 거주하는 두 아일랜드인에게 비자를 발급해줄 것을 요청하면서 짧은 전언을 첨부했는데, 전언에서 두 사람은 처음에는 '민속연구가'라 불리더니 어느새 '자칭 민속연구가'라고 말이 바뀌어 있었다. 그들의 여타 인적 사항은 좀더 간략했다. 그들은 알바니아어를 좀 알며, 알바니아의 옛 구전 서사시를 연구하기 위해 이 나라 이곳저곳을 쏘다닐 테며, 자신들이 정착하려는 북부지방 일대와 관련된 수많은 자료 카드와 지도를 가지고 다닌다는 내용이 적혀 있었다. 무엇보다 놀라운 사실은, 그들이 음성과 소리를 기록하는 기구들을 가져온다는 것. 듣도 보도 못한 이 이상한 기계는 '녹음기'라 불리는데, 공사관 직원들의 설명대로라면 최근에 발명되어 시판되기 시작한 것이었다. 서신은 "두 외국인이 첩자일 가능성을 배제할 수 없음"이라는 말로 끝을 맺었다.

워싱턴발發 통보를 받고 이 주 뒤, 두 아일랜드인이 도착하기 일주일 전에 내무부 장관은 N시의 시장에게 짤막한 편지를 보냈다. 워싱턴 주재 알바니아 공사관 사람들이 그에게 쓴 글을 다분히 반복하는 내용이었다. 그러나 딱 한 군데, "두 외국인이 첩자일 가능성을 배제할 수 없음"이라는 표현이 "두 방문객은 첩자인 듯함"으로 바뀌어 있었다. 그러면서 내무부 장관은 시장에게 아무 의심도 불러일으키지 않도록 조심스레 그들을 감시하라는 말을 덧붙였다. 편지의 전반적인 어투로 미루어, N시 당국은 두 외국인이 N시에서 편히 지낼 수 있게 해달라는 당부를 받고 있었다.

내무부 장관은 시장이 이 마지막 지시를 읽고 놀라는 모습을 상상하다가 혼자 미소 지었다. '멍청한 놈! 그런 외진 벽지에 박혀 사는 놈이 국정에 대해 무얼 알겠어!' 장관의 시선이 창밖 외무부 청사 지붕 위로 내려앉았다. 이웃한 그 부처의 행정관들이라면 국왕의 전기 집필을 위해 유럽의 수도 방방곡곡으로 흩어져 작가나 역사가에 준하는 이들을 물색하러 쏘다니는 자들이었다. '그래, 저 외무부 놈들이 유식한 놈들이라는 건 두말하면 잔소리지.' 그가 툭하면 되뇌는 생각이었다. '전기 집필이니 학회 참석이니 하는 수준 높은 업무는 언제나 놈들이 꿰차니까. 하지만 국왕을 위해 파리의 카바레에서 고급 창녀를 물색하거나 국회의장에게 귀여운 아가씨를 구해주거나 하는 온갖 너절한 일들은 누가 해결하지? 누구한테 부탁하냐고? 내무부 장관인 나잖아!' 하지만 언젠가는 기필코 놈들의 기를 꺾어놓고 놀라 자빠지게 만들 것이었다. 우쭐대는 외무부 놈들 대신 향후에 그가 국왕의 전기 작가를 포섭할 수만 있다면. 알바니아에 외국인들이 새로 방문할 때마다 그는 그런 생각에 잠기곤 했지만 이제까진 이거다 싶은 기회가 주어진 적이 한 번도 없었다. 그러던 차에 이 아일랜드 연구가들이야말로 그런 일에 딱이라는 생각이 들었다. 더욱이 첩자라는 의심까지 받는 자들이었다. 그들에게 자유를 주고 한동안 느슨히 풀어놓았다가, 운이 좀 따라주면 현장에서 덮치는 거다. (머릿속에 그려지는 대로라면, 우선 부부의 침실이 보이고 그들 중 한 명이 어느 여자와 함께 있다가 발각되는 단순한 장면이었다.) 그러고 나면 장관 자신이 손볼 차례인 거다. "이리 좀 와보렴, 착한 애들아. 너희 서사시와 녹음기는 잠시 치워두고 앉아서 얘기 좀 해보자꾸나. 이 아저씨를 위해 심부름 하나 해주지 않을래? 뭐, 싫다고? 그렇다면 할 수 없지. 나도 심통이 사나워질밖에. 아, 이제야 순순히 말을 듣는군! 좋아! 이제야 서로 말이 통하겠어. 내가 너희한테 요구하는 건 조금도 까다로운 게 아니야. 연구자들이랬지? 서류에 있는 대로라면, 하…… 하…… 하버드대학에서 공부를 했다고? 아주 잘됐군. 자리에들 앉으시지. 이 몸이 종이며 연필이며 꿀이며 여자라면 얼마든지 대줄 테니까. 하지만 조심들 하라고. 내 비위를 건드려선 안 되고말고! 너희는 국왕의 생애를—그러니까 전기를, 요즘은 그렇게들 부르지—쓰시라, 이 말씀이야. 이 아저씨가 너희한테 바라는 건 그거야."

장관은 흡족한 마음으로 N시 시장에게 보내는 편지를 봉했다. 그런 다음 인장을 찍었는데 지나치게 공을 들이는 바람에 인장이 미끄러져 종이에 자국이 번졌다. 이틀 뒤, 오전 열시경엔 시장이 봉투를 들고 잠시 봉인을 살폈다. 그의 경험으로 미루어 소인이 그렇다는 건 대개 그것을 찍은 손이 두려움이나 분노로 떨렸다는 의미였다.

'다행히 그건 전혀 아니었군.' 그는 편지를 읽고 나서 생각했다. 마음을 놓은 그는 아내에게 이 소식을 전하려고 수화기를 들었다.

그녀는 습관이 되어버린 아련한 서글픔에 싸여 전화를 받았다. 똑같은 전화벨소리가 그녀에게 수도 없이 실망을 안겨준 터였다. 매번 무슨 새로운 소식이 들려와 뻔한 일상에서 벗어날 수 있겠거니 기대하고 달려가지만 수화기에서 들려오는 소리라고는 남편의 지긋지긋한 말뿐이었다. "지금 무얼 하고 있었소?" 혹은 "점심식사는 준비됐소?", 그것도 아니면 우체국장 부인이 잼 만드는 법을 물어오기도 했는데, 둘이 함께 수다를 떠는 것도 오래전에 진력이 나 있었다.

그러나 이번엔 상황이 완전히 달랐다. 남편의 말이 도무지 믿기지 않아 그녀는 얼빠진 사람처럼 혹 잘못 들은 건 아닌지 큰 소리로 말을 되받았다.

"아일랜드인 두 명이 이곳에요? 그렇게 말한 거 맞아요?"

"그래, 맞아. 그것도 꽤 오랫동안 체류할 예정이야."

"굉장하네요." 그녀는 기쁨을 감추지 못하고 받아쳤다. "멋진 소식이에요! 정말이지 우울했었는데……"

실제로 처량하기 그지없는 아침나절을 보낸 참이었다. 창유리들은 어제와 다름없이 빗물에 젖어 있었다. 창밖을 내다보니 길 건너편 지붕들 위로 여기저기 굴뚝이 파선破線을 그리며 솟아 있었다. 맙소사, 어제와 똑같은 하루가 다시 시작되는 거야. 그녀는 침대에 누운 채 한숨지었다. 머릿속에 아무 생각도 떠오르지 않았다. 어제와 다를 게 없는 오늘이라면, 미련 없이 적선해버려도 좋을 무용한 하루가 될 게 뻔했다. 그런 하루라면 누구한테든 공허하지 않을까? 그러다 그녀는 곧 생각을 바꾸었다. 자신을 부러워할 무수한 여자들이 머릿속에 떠올랐다. 고단한 일주일의 노동을 마친 뒤, 혹은 가정불화를 겪거나 그저 추위에 떨다가 그렇게 아늑한 휴식을 취할 수 있다는 것만으로도 부러워할 여자들.

그녀는 대략 그런 상상에 빠져 있었다. 매력적이고 무엇 하나 부족할 게 없는 시장의 아내가 이 소도시에서 무료함으로 초췌해져가고 있다면 누가 믿겠는가? 그런데 갑자기 전화벨이 울렸고, 그 소리에 하루가 현처럼 팽팽해지고 뒤틀리더니 굼뜨고 무기력한 시간이 돌변해 놀라움과 신비로 가득한 하루가 되었다.

"두 아일랜드인이 이곳에서 한참이나 체류할 거라니!" 그녀는 남편의 말을 되뇌었다. "근사한 일이야! 이번 겨울은 다르겠어!" 남편의 얘기로는 그들이 이곳에서 제 집처럼 편히 지낼 수 있게 하라는 지시를 받았다고 했다. 물론 그래야지! 순간 그녀의 머릿속엔 브리지 게임 카드가 유쾌하게 펼쳐졌고, 벽난로에 불이 타오르고 크리스털 잔들이 불빛에 반짝이는 광경이 떠올랐다. 남편은 또 이런 말도 했다. 그들이 이상한 기구들을 가져왔는데, 축음기 같으면서도 훨씬 현대적인 무언가라고. 그 순간 그녀는 두 남자의 팔에 차례로 안겨 탱고 음악 〈질투〉에 맞추어 춤을 추는 기분이었다. 그런 거추장스러운 물건을 가지고 다니다니, 아주 젊은 남자들임이 분명했다.

그녀는 전화기로 달려가 수화기를 들려다 말고 꼼짝 않고 그대로 있었다. 이 기쁜 소식을 우체국장 부인에게 전하기 전에 잠시 혼자 음미할 필요가 있었다.

'두 명이랬지.' 그녀는 생각에 잠겼다. '젊은 사람들일 테고.' 남편은 그녀에게 그들의 이름까지 말해주었다. 맥스 로스와 윌리 노턴. 남편은 분명 그들의 나이도 알고 있을 터였다. 점심식사를 하는 동안 그녀는 무심을 가장한 채 그 부분에 대해서도 명확히 해둘 것이었다.

그녀는 무의식적으로 욕실로 향했다. 차가운 빛을 발하는 욕조를 잠시 바라보다가 두 손을 온수 수도꼭지 쪽으로 천천히 가져갔다. 그녀는 나른한 동작으로 옷을 벗기 시작했다. 두 손가락을 물에 담가 온도를 확인한 뒤, 욕조의 물이 반쯤 차오르자 불쑥 마음먹고 욕조 안으로 들어갔다. 사실 모종의 생각들에 마음이 사로잡힌 적이 한두 번이 아니었다. 그녀는 물속 깊이 몸을 담그고 천천히 상념에 빠져들었다.

그렇게 누운 채로 욕조에 물이 조금씩 차올라 자신의 몸을 덮는 것을 몽롱한 눈빛으로 바라보았다. 이런 식으로 죽은 이를 매장하는 거야, 라는 생각이 떠올랐다. 불길하거나 아니면 그저 괴로운 사념이 떠오를 때마다 그랬듯 그녀는 머릿속에서 재빨리 그 생각을 떨쳐버렸다. 안 돼, 그럴 수 없어! 그런 망상에 빠져들기에는 너무 일렀다. 고작 서른두 살밖에 안 되었으니 아직은 꽤 젊은 나이였다. 게다가 두 외국인의 도착이라는 근사한 사건을 기다리고 있지 않은가? 그들의 이름을 되뇌어보았다. 맥스 로스와 윌리 노턴. 진짜 유럽인들의 이름이다. 오래전에 그녀가 밋밋한 동양식 어감의 무카데즈라는 이름을 데이지로 바꾼 건 정말 잘한 일이었다. 사람들 대부분이 그 옛 이름을 잊었고, 그녀에게 데이지 말고 다른 이름이 있었다는 사실조차 모르는 이들도 있었다. 누가 재미삼아, 혹은 악의로 그 이름을 부르면 그녀는 상대를 당장 적으로 분류했다. 데이지, 듣기 좋은 이름이다. 데이지라는 이름의 젊은 여자가 이 순간 욕조 안에서 자기들 생각을 하고 있다는 걸 알면 그들은 어떤 심정일까? 그녀는 종종 이름만 가지고 사람들의 모습을 상상해보곤 했다. 두 외국인을 두고도 그런 식으로 상상을 시도했다.

우선 두 사람 중 하나인 맥스 로스를 떠올렸다. Max Roth. 이름을 구성하는 철자 r과 x, 무엇보다 th로 인해 왠지 그는 털북숭이 빨강 머리 남자일 것만 같았다. 반면 두피에 머리를 찰싹 붙인 윌리는 덜 남성적이긴 해도 맥스 못지않게 위압적인 모습으로 그려졌다. 사실 오래전부터 그녀는 그런 이름을 가진 남자를 만났으면 했었다. 손에 잡히지 않고 다소 모호하긴 해도 그 종잡을 수 없는 면이 오히려 마음을 끄는 이름.

따뜻한 물에 온몸이 잠기고 나서야 그녀는 비누칠하는 걸 깜박했음을 깨달았다. 아무려면 어때? 그렇게 꼼짝 않고 있을 것이다. 그편이 오히려 나을지도 모르지. 그래, 물론이야. 이런 상황에선 비누 거품이 투명한 물만큼이나 그녀의 파닥이는 공상을 흐려놓을 테니까.

비스듬한 시선으로 그녀는 수면 아래 잠긴 자신의 하얀 몸을 바라보았다. 물결치는 세모꼴의 검은 음부가 둘로 보였다. 모종의 은밀한 우수가 깃들어 만사를 흐릿하고 모호하게 만드는 파동이었다. 스스로 아무리 인정하지 않으려 해도, 권태로 찌든 이 지방 도시에서 그녀는 이제 감정의 모험에 뛰어들 만큼 무르익어 있었다. 방금 전 욕조의 물에 차츰 몸이 잠길 때 엄습해오던 우울한 생각들에 그녀가 맞서 싸운 것도 우연이 아니었다. 아마도 애정 영화를 통해 습득했음직한 정서가 그녀의 환상을 자극해 마음껏 내달리게 하는 듯싶었다. 그녀는 눈앞에 떠오르는 영상들을 점점 더 주체하지 못한 채, 논리성이라고는 찾아볼 수 없는 무질서한 상상에 빠져들었다. 우선 털북숭이 맥스 로스와 얽히게 되는 건 그에게 정말로 마음이 끌려서가 아니었다. 그보다는 무슨 우연의 개입으로 온갖 뉘앙스의 우여곡절(경쟁 관계나 질투심의 악화 등)을 철저하고도 정묘한 형태로 사전에 음미하기 위해서였다. 그러고 나면 다른 한 명인 윌리와의 정사를 완벽하게 즐길 수 있을 테니까. 아, 이럴 수가! 그녀는 스스로에게 불쑥 탄식을 터뜨렸다. 흐릿하게 물결치는 자신의 몸에서 시선을 떼지 않았는데, 그 때문에 이런 생각이 떠올랐는지도 몰랐다. 그런 이름을 지닌 연인과 함께라면, 여차하면 임신이 될 수도 있지 않을까?

잠든 이가 자리에서 돌아눕듯 그녀는 욕조 안에서 다소 힘겹게 몸을 뒤척였다. 출렁대는 물소리, 굴절된 몸의 윤곽과 더불어 그녀의 상상도 덩달아 부유했다. 내면의 동요가 그대로 드러나는 창백한 얼굴로, 담쟁이덩굴로 뒤덮인 이층집 계단을 오르는 자신의 모습이 보였다. 문에 걸린 청동 문패에 N시의 유일한 의사 이름이 새겨져 있고, 바로 밑엔 '외과-부인과'라는 글자가 보였다.

남편이 오랜 기간 망설이다 마침내 동의해 받게 되었던 검사의 결과는 불임의 책임이 남편에게 있음을 증명해주었다. 그 이후로 데이지의 머릿속에서 벌어지는 애정 관계는 어김없이 그녀가 산부인과를 찾아가 흔적을 지우는 것으로 결말이 나곤 했다.

그러니까 그녀는 이 의사 앞에 출두할 것이다. 영화나 체홉이라 불리는 러시아 작가의 단편소설에 등장하는 시골 의사들처럼 만사에 무관심한 모습이—어쩌면 그런 척하는 것일 수도 있지만—N시의 우울한 분위기와 완벽히 맞아떨어지는 인물이었다.

사고인가요? 얼마 전까지만 해도 사랑의 드라마가 펼쳐졌지만 이제는 장식용 대리석 판석처럼 차갑게 식은 그녀의 몸 부위를 그가 음탕한 시선으로 응시하며 물을 것이다. 그러면 그녀는 생각할 것이다. '따분한 돌팔이 시골 의사인 당신이 이 서글픈 기적에 대해 무얼 이해하겠어?'

그녀가 또 한번 몸을 뒤척였다. 잠시 파문이 일다 도로 투명해진 물 밑으로 불안해 보이는 새하얀 몸이 다시 나타났다. 왜 이런 생각에 자꾸 빠져드는 걸까? 쾌락과 호기심, 수수께끼로 가득한 진정한 기쁨이 기다리고 있는데, 뭐하러 앞질러 상상하며 괴로워한담? 브리지 게임과 와인, 벽난로에 붉게 타오르는 따스한 불길이 그녀를 우울한 상념에서 깨어나게 했다. 이 모든 게 이제 눈앞에 떠올라 손에 만져질 것만 같았고, 얼마 안 있어 자신의 것이 될 터였다. 그녀는 난데없이 기운이 솟는 걸 느끼며 욕조에서 나와 가운을 걸친 뒤 서둘러 자기 방으로 가 옷을 입었다.

바깥에서는 아무 특별한 일도 없었다는 듯 회색 비에 젖은 똑같은 겨울 하루가 이어지고 있었다. 나른한 빗소리가 주변 삶의 흐름에 리듬을 부여하는 것만 같았다. 궁상맞게 내리는 이 비를 가로질러 그녀는 전화로 곧 N시의 부인네들에게 깜짝 놀랄 소식을 전할 것이다. 우선 우체국장 부인에게, 이어 다른 여자들에게도.

반시간쯤 걸려 그들 모두에게 전화를 걸고 난 다음, 그녀는 다시 창가로 갔다. 종전과 다름없는 소도시의 한 자락이 눈에 들어왔다. 지붕과 굴뚝들은 여전히 무심해 보였지만 부식성 강한 소식이 사방에 제대로 가 꽂혔음을 알 수 있었다.

II

N시 당국에서 가장 인정받는 정보원인 둘 바자야는 두 외국인의 도착과 행동거지를 감시하라는 명령을 하달받고, 그들이 도착한 토요일 저녁 시장에게 다음과 같은 보고서를 썼다. 자신은 시외버스터미널 맞은편 여행사에서 네 시간이나 선 채로 망을 보았다고, 거기서 두 외국인을 기다렸음직한 인물의 행동을 살폈지만 수상한 점은 전혀 발견되지 않았다고. 그가 세심히 관찰한 바에 따르면, 그곳에서 늘 마주치는 짐꾼들 외에 총 아홉 명이 버스의 도착을—수도에서 이곳까지 일주일에 한 번, 즉 토요일밖에 오지 않는 버스인데—기다리고 있었다. 여전히 주의깊게 관찰해보았지만, 버스에서 내리는 친지들을 맞는 자연스러운 모습들로 미루어 그들이 거기 와 있는 건 지극히 당연한 일이었

다. 앞서 깜박 잊고 넘어가긴 했어도, 시장님도 아마 들어 알고 있을 집시 하지 가바만 예외라면 예외였다. 사실 그를 모르는 사람은 없었다. 수도에서 오는 버스를 그가 빠짐없이 기다리는 건, 습관처럼 부리는 묘기의 대가로—시장님께 이런 말씀 드려 죄송하지만, 길고도 인상적인 방귀 세례를 퍼부어—여행객들 중 누가 그의 손에 몇 푼이라도 쥐여줄까 하는 바람에서였다. 시장님도 모르시지 않겠지만, 이런 행위는 이 도시의 명예를 치명적으로 손상시킨다는 이유로 여러 차례 재고된 바 있는데, 보고자가 아는 바로는 적절한 해결책은 아직 찾지 못한 상태였다. 결론적으로 말해, 앞서 언급한 집시의 행동을 제외하면 정보원은 어떤 수상한 점도 발견하지 못했다는 내용이었다.

이어 정보원은 자신의 전문 영역이 청각을 이용한 감시일지언정 외국인들을 멀리서 감시한다는 이 상황에서도 최대한의 신중성을 발휘해 맡은 임무를 완수하려고 노력했음을 역설했다. 그의 짧은 소견으로는—시장님께서 이 무례한 지적을 용서해주시리라 믿으며—이 일은 시각을 이용한 감시에 해당했지만 말이다.

따라서 감히 누군가에게, 시장님께는 더더욱, 조언할 생각이 없다 할지라도, 그는 감시의 첫 단계에서 동료 피에테르 프레누시를 떠올리지 않을 수 없었다. 그에게 요청했더라면 더 낫지 않았을지. 이 동료는 시력을 이용한 감시에 경험이 많을뿐더러 오래전부터 이 분야에서 명실상부한 입지를 굳혀오면서 탁월한 능력이 점점 더 세련되어지던 터였다. 잊을 수 없는 그날의 일을 시장님도 기억하실지 모르지만, 오래된 우리 도시를 방문한 프랑스 영사 부인이 몹시 짙은 화장을 했음에도 살짝 사팔눈이라는 사실을 그는 서른 보 밖에서 알아차렸던 것이다.

어쨌거나 보고자는 상부의 명령을 절대 문제삼지 않음을 원칙으로 하면서, 자신의 영역을 넘어서는 과업을 떠맡았음에도 전혀 불평하지 않았다. 오히려 자신에게 베풀어진 신뢰에 한껏 고무되어 늘 그러듯 맡은 임무를 최대한 성실히 수행했으며, 이하 명시된 사항들을 최대한 세밀히 묘사하고자 애썼다.

두 외국인과 관련해서는 그들의 행동거지가 아무 의심도 불러일으키지 않는다고 단정지을 수는 없었다. 사실 그들이 불안해하고 있음을 대번 느낄 수 있었다. 사방을 두리번거리고 얼빠진 표정을 짓고 불안정한 몸짓을 하는 건, 그들이 분명 두려움은 아니더라도 혼란에 빠져 있다는 의미였다.

그들이 사용하는 알바니아어가 엉망인 것도 그들이 이 언어를 몰라서라기보다 흥분한 탓이라는 게 적어도 보고서 작성자의 소견이었다. 그런 식으로 그들이 우선 하지 가바에게 말을 건 것은 그를 짐꾼으로 착각한 때문인 듯했다. 이 사내는 상대가 그 남세스러운 묘기를 보여달라는 줄 알고 당장 실행에 옮길 태세였다.

즉 온몸을 긴장시켜 원하는 만큼 힘껏 공기를 뿜어내 두 외국인이 주문했다고 생각되는 일련의 방귀를—시장님께서 제 표현을 용서해주시기를—만들어내려 한 것이다. 그렇게 그는 철면피한 행동을 재개할 준비가 되어 있었고, 과장이 아니라 이번에야말로 틀림없이 국제적 수준으로 일을 저질렀을 터였다. 보고자가 자신의 소관이 전혀 아니었음에도 순전한 애국심의 발로로 개입해 그를 쫓아내지 않았다면 말이다.

두 외국인이 가지고 다니는 짐 가방들, 특히 철제 트렁크들과 관련해서는, 보고자로선 그저 멀리서 살펴보는 것만으론 무어라 소견을 표명하기가 어려웠다. 방금 전에 말한 대로 그의 전문 영역은 무엇보다 청각적인 감시였으니까.

이 점과 관련해, 그는 평소 남의 일에 끼어드는 성격이 아님에도 국정이 제대로 굴러가기를 바라는 마음에서 한마디하지 않을 수 없었다. 동료인 피에테르 프레누시의 관찰 능력을 단 한순간도 의심해본 적이 없을지언정 그이의 능력으로도 짐 가방들, 특히 트렁크들의 무게를 정확히 가늠할 수는 없을 거라고. 그것들의 무게와 그 내용물 사이의 관계를 점쳐본다는 건 더더욱 불가능해 보였다. 그러려면 그 짐을 직접 등에 지고 날랐던 사람, 즉 짐꾼인 검둥이 추테의 소견을 들어보는 게 좋겠다고 그는 제안했다.

검둥이 추테, 짐꾼: 그 짐 가방들요? 말도 마쇼. 허리가 부러지는 줄 알았다니까! 사십 년 동안 해온 일이지만 그렇게 무거운 짐은 처음이었거든. 납덩이를 쑤셔넣었대도 그렇게까지 무겁진 않았을 거요, 그 안에 대체 뭐가 들어 있었던 건지. 어찌됐든 추테 이 몸은 뭐라 드릴 말씀이 없어요. 돌멩이인지 고철인지, 어쩌면 나귀가 들어앉아 있었는지도. 옷가지는 아닌 게 분명한데, 그건 추테가 장담해요. 쇠로 된 옷이라면 모를까. 요즘도 영화에서 보는, 옛날 사람들이 입던 옷들 말입죠. 하지만 그이들이야 요즘 사람이니 그런 옷일 리 만무하겠고, 그렇다고 머리가 돈 사람들처럼 보이지도 않았어요. 그래, 평범한 옷가지는 절대 아니었어요…… 나 추테는 짐 가방이 몸에 닿기 무섭게 그 안에 뭐가 들었는지 금세 아니까. 짐 가방을 들어 등에 짊어지자마자 알아챘다고요. 묵직한 옷들이나 은사로 수놓은 옷들이 든 부자의 가방인지, 아니면 경전이나 복음서 혹은 코란이 든 사제나 회교학자의 가방인지 말이죠. 짐 가방에 관해서라면, 세상 무엇도 추테의 예리한 통찰을 피해 갈 수 없습죠. 한 손가락으로 스치기만 해도 알아요. 기뻐 날아갈 듯한 새색시의 옷인지, 슬픔으로 무거워진 과부의 옷인지. 추테는 평생 별의별 짐을 다 져봤으니까. 행복한 사람들의 가방은 물론, 미치광이의 가방이나 왕의 분노를 피해 달아난 망명객의 가방도 져봤고, 다음날 가방끈으로 목을 매고 죽을 작정인 절망에 빠진 이들의 짐도 져봤어요. 도둑이나 예술가, 사랑밖에 안중에 없는 여자들의 짐도 져봤고(아, 그런 짐을 지고 있으면 추테도 등줄기가 떨렸죠!), 공무원들의 작은 서류 가방을 비롯해 은둔자나 반쯤 돌로 채운 미친 사람의 봇짐도 져봤어요. 추테는 별의별 짐을 다 경험했다고요. 하지만 그 두 건달의 짐 가방 같은 건 결단코 져본 적이 없어요. 놀라 숨이 멎는 줄 알았다니까. 몸이 두 동강 나는 줄 알았습죠. '가엾은 추테, 고된 이 일도 여기서 그만이겠구나. 이런 모욕을 감내하며 짐을 질 수 없겠다고 고백하느니 차라리 이 자리에 쓰러져 죽는 편이 낫겠군' 하고 생각했죠. 사실 추테는 죽음보다 더 처량한 꿈을 꾼 적이 있었습죠. 반쯤 녹색이고 반쯤 갈색인 끈적끈적한 판지로 포장된 길에서 한 여행자가 짐 가방을 발치에 두고 소리치는 겁니다. "어이, 짐꾼!" 추테는 가방을 들어올리려 했지만 힘이 없었어요. 한데 그 꿈에서 겪은 그대로였어요. 그건 보통 짐 가방이 아니고 마귀가 분명했다고요!

글로브호텔 매니저: 짐 가방들이 엄청 무겁더군요. 특히 트렁크들이 그랬습니다. 그러고 보니 삼층에 있는 그들 방까지 짐을 옮기는 데 담당 종업원뿐 아니라 객실 청소부 두 명에다 요리사한

테까지 도움을 청해야 했어요.

그 외국인들은 제게 알바니아어로 말했는데, 이제 와 생각하니 우리가 보통 쓰는 말과는 다른 말씨였어요. 딱히 뭐라 설명할 순 없지만, 군데군데가 얼음처럼 단단하게 경직된 말씨랄지. 호텔을 운영하다보면 외국인들을 상대할 기회가 많아 해괴망측한 발음에도 익숙해 있지만 말입니다. 자랑삼아 하는 말이 아니라, 사실 그런 어색한 발음 덕에 여권을 보지 않아도 고객이 이탈리아인인지 그리스인인지, 아니면 슬라브인인지 구별할 수 있거든요. 하지만 그 두 외국인의 경우에는 그런 어색한 발음과는 차원이 달랐어요. 그래요, 전혀 다른 무언가가 있었어요. 꼭 집어 설명하긴 어렵네요. 뭐랄까, 으스스한 말투랄지…… 돌아가신 제 모친이(영령이 고이 잠드셨기를!) 몇 해 전 꿈에 나타나 제게 말했을 때와 비슷했어요. 제가 깜짝 놀라 했던 말이 기억나는군요. "엄마, 제가 엄마한테 무슨 짓을 했다고 그런 식으로 말씀하세요?" 아, 죄송합니다. 잠시 개인적인 얘기를 했네요……

그다음에 어쨌냐고요? 아, 네, 이야기의 맥락을 놓칠 뻔했군요! 그다음에 그들은 저희가 배정한 방으로 올라갔어요. 지시하신 대로 살충제를 세 차례나 뿌려둔 방이에요. 그렇다고 빈대가 남아 있지 않다고 장담할 순 없지만요. 옆방이나 문틈으로 침투할 수도 있고, 무엇보다 천장에서 떨어질 수도 있으니까요. 또

이야기가 빗나갔네요…… 그들이 그곳에 틀어박혀 있었다는 말을 하려던 참이었는데. 시장님께서 보내신 심부름꾼이 그 댁에서 열리는 브리지 게임에 그들을 초대한다는 내용의 초대장을 가지고 올 때까지 말이죠.

브리지 게임 초대장과 함께 시장의 환영 인사가 토지대장과 직원을 통해 저녁 일곱시경 두 외국인에게 전달되었다. 그 직원의 주장대로라면 그들은 초대를 받고 조금 놀라는 기색이었는데, 거기 함께 있던 호텔 매니저 역시 같은 생각이었다. (시청 직원 한 명이 그들을 보러 왔다는 말을 전하기 위해 두 외국인의 방문을 노크한 사람이 바로 이 매니저였다.) 두 외국인은 이런 초대를 기대하지 못했던데다, 당황스러울 것까지야 없어도 몹시 이례적인 일로 여겨져 사정을 정확히 파악하는 데 어지간히 시간이 걸렸다. 시장에게 두 외국인의 답변을 보고한 토지대장과 직원은 물론이고 부차적인 증인인 호텔 매니저 역시, 두 외국인이 시장님의 상냥한 초대에 어떤 식으로 반응했는지는 밝히지 않았다. 그렇다고 각자의 친구들에게까지 입을 다물었다는 말은 아니다. 두 외국인은 초대를 반기기는커녕 외려 신중했고, 드러내놓고 역정을 내진 않았어도 냉담에 가까운 반응을 보였던 것이다. 특히 '브리지 게임'이라는 말을 들은 순간 그랬다. 시장이 자신의 끄나풀들을 통해 알게 된 바로는, 토지대장과 직원과 호텔 매니저의 입에서 나온 또다른 증언도 있었다. 두 외국인이 시장의 초대에 응하긴 했어도 기꺼운 마음이었다기보다 예의상 그랬다는 것. 기이한 일이지만, 이상의 보고를 들은 시장은 다소라도 기분이 상하기는커녕 흡족한 마음으로, 내무부 장관에게 보내는 주례 보고서에 이 사실을 기재하기까지 했다. 그는 앞서 말한 두 증인이 얼마나 정직하고 신뢰가 가는 사람들인지 강조하는 것도 잊지 않았다.

어쨌거나 매일 저녁 브리지 게임을 함께 하는 일원들(우체국장과 치안판사, N시의 유일한 비누 공장 '비너스'의 소유주인 로크 씨……)과 더불어 그 수수께끼 같은 두 외국인의 도착을 기다리는 동안에는 시장도 아직 그런 일들을 전혀 모르고 있었다. 설령 알았다 해도 친구들에게(그들의 배우자들에겐 더더욱) 털어놓지 않았을 테며, 무엇보다 아내 데이지에겐 함구했을 것이다. 그녀에겐 그 두 외국인의 방문이 그해 겨울 가장 설레는 사건이었으니까.

속이 비치는 하늘하늘한 연푸른색 드레스에 감싸인 그녀는 뺨을 붉게 물들인 가벼운 볼연지 탓이랄지, 푸르스름한 눈언저리 탓이랄지, 조금 취한 사람처럼 멍해 보였다. 그녀는 넓은 응접실과 브리지 게임 테이블이 놓인 방 사이를 오가다 이런저런 대화의 동강들을 주워듣곤 했다. 점점 더 지겹게만 느껴지는 대화였다. 사람들은 이제 곧 도착할 방문객들 이야기를 하며 그들이 바로 이 근방에 머무르기로 한 이유를 알고 싶어했다. 그렇게 놀라워하는 사람들이 데이지는 못마땅했다. 두 외국인이 N시 아닌 다른 어딘가에 머무를 수도 있었다는 생각은 너무 끔찍해서, 그런 가정을 들먹이는 것만으로도 이제 현실이 된 기적을 위험에 빠트릴 것만 같았다. '아, 그러고 보니 우리가 왜 이 N시에 마음이 쏠린 걸까? 어디 다른 데서도 똑같이 잘 지낼 수 있지 않을까?' 방문객들의 머릿속에 불쑥 이런 의문이 끼어들지는 않을지, 그녀는 겁이 날 지경이었다.

"확실히 놀라운 일이야." 로크 씨가 말했다. "그래, 그들이 이곳에 머무르기로 한 건 이상한 일이고말고. 솔직히 말해 무슨 이웃나라로 통하는 곳도 아닌 외지니까. 소위 말하는 역사적 장소나 전략적 요충지도 아니고, 특별한 데라곤 전혀 없는 곳이지. 산밑에 박힌 동네에 불과하거든."

"미국을 떠나기도 전에 이곳에 눈독을 들였던 것 같던데." 우체국장이 끼어들었다. "두러시에 내리자마자 가방에서 지도를 꺼내들고 말했다더군. 우리가 가려는 데가 저기야, 라고."

이런 잡담을 늘어놓으면서 그들은 때때로 시장 쪽으로 고개를 돌렸다. 하지만 시장은 야회가 시작될 때부터 얼굴에 떠올렸던 나른한 미소를 거두지 않은 채 그들의 말을 전혀 듣고 있지 않는 척했다. (맙소사, 어떻게 자네는 수십 명이나 되는 사람들 앞에서 몇 시간이고 똑같은 미소를 입술에 머금을 수 있나?) 두 외국인이 수수께끼 같은 임무를 수행하기 위해 N시 일대를 선택한 이유가 뭔지 사실은 시장 자신도 종종 궁금했었다. 자신에게 골칫거리가 될 수도 있겠다는 생각이 여러 번 들었지만, 반대로 득이 될지도 모르는 일이었다. 기분이 울적할 때면, 악의를 품은 누군가가 자신을 음해하려고 이 방문객들을 보낸 거라 상상하기도 했다. 아무려면 어떠랴. 아무리 교활한 놈들이라 해도 오늘밤, 그러니까 네놈들이 도착한 첫날 밤에 당장, 네놈들이 속에 무얼 감추고 있는지 일부라도 알아낼 테다. 내무부 장관에게 보내는 첫 기밀 답신에서도, 그들의 비밀을 밝혀내는 거야말로 가장 중대한 과제임을 강조해둔 터였다. 그래, 모름지기 나랏일이란 깊이를 헤아릴 수 없는 법이지…… 시장은 한숨을 지었다. 일의 진상이 언제 밝혀질지 그가 자문해보고 있을 때 갑자기 현관 초인종이 울렸다. 그 소리에 거기 모인 사람들 모두가 감전된 듯했다. 어쩌면 좋을지 지시를 기다리는 사람들처럼 대부분 그를 향해 고개를 돌렸다. 손에 든 포르토 잔을 작은 원탁이나 벽난로의 대리석 판에 내려놓는 이들도 있었다. 하나같이 흥분해 부산을 떠는 동안 데이지만 층계참에 눈길을 고정한 채 제자리에서 꼼짝도 하지 않았다.

그사이 가정부가 문을 열어주었고, 연이어 계단을 올라오는 그들의 발소리를 모두가 들을 수 있었다. 시장의 귀에는 나무다리가 규칙적으로 쿵쿵대는 소리로 들렸는데, 두 외국인의 '뻣뻣한' 말씨가 거론된 보고서를 방금 전에 훑어본 탓이거나 정말로 그런 느낌이 들게 하는 발소리였는지도 몰랐다. 동요를 감추지 못하는 아내의 옆모습에 흘낏 그의 눈길이 갔다. 틀어올린 머리 타래 아래로 부드러운 목선을 타고 흘러내린 금빛 곱슬머리 몇 가닥이 우아함을 한층 부각시켰다. 그런 그녀를 보면서도 질투심이 전혀 일지 않는 스스로가 그는 만족스럽다기보다 놀라웠다.

데이지는 흥분된 마음을 감출 생각도 하지 않은 채, 가정부를 따라 나무 계단을 올라오는 두 방문객 쪽으로 시선을 고정하고 있었다. 가정부는 방문객들을 향해 반쯤 몸을 돌린 자세로 앞장서서 그들을 위층으로 안내했다. 두 외국인은 데이지가 상상했던 것과는 딴판이었다. 양쪽 다 검은 머리가 아니었고, 끔찍이도 반드레하며 두피에 착 달라붙은 머리와는 더더욱 거리가 멀었다. 그녀의 상상대로라면 붉은 머리에 털북숭이였어야 할 맥스로스는 보이지 않았다. 오히려 웨이브가 살짝 진 숱 없는 금발머리 남자가 있었고, 원기 왕성해 보이는 또 한 사람은 윤기 없는 짙은 색 머리를 권투선수처럼 짧게 깎은 모습이었다. 이 사람이 윌리일 리 없는데, 쉽게 접근할 수 없는 충직하고 선량한 분위기로 미루어 맥스라고도 할 수 없었다! 그녀의 입에서 큰 한숨이 새어나올 뻔했다. 두 사람은 상상과는 전혀 다른 모습이었으니까. 두 사람 다 젊다는 사실이 그나마 다행이었다.

그녀가 손을 내밀 차례가 되었을 때, 금발에 밝은 눈빛을 한 쪽이 놀랍게도 그녀의 손을 꽉 잡으며 예스러운 알바니아어로 말했다.

"상냥하신 부인, 만나뵙게 돼 큰 영광입니다…… 윌리 노턴입니다."

"데이지예요." 그녀가 답했다.

며칠 전 욕조에서 그녀를 공략했던 이미지들, 산부인과를 찾게 될 가능성을 비롯해 당찮은 오만 가지 세부 사항들이 갑자기 머릿속으로 밀려들어 그녀는 낯을 붉혔다.

그러니까 이 사람이 윌리군. 잠시 후 그들이 소개를 마쳤을 때 그녀는 혼자 생각했다. 상상했던 것과는 확실히 달랐어도 실망했다고는 할 수 없었다. 실망 운운한다면 부당한 처사였을 것이다. 잠자리에 들 때 우스꽝스러운 모자를 쓰는, 덧신 신은 늙은 현자를 떠올릴라치면 더더욱 그랬다. 지금으로서는 결과적으로 균형을 상실했다는 느낌뿐이었다…… 그녀가 더 관심을 보였어야 할 쪽은 맥스 로스지만, 이 남자의 머리 색깔이 더 짙고 다른 쪽은 금발이라 해도 왠지 윌리라 불리는 후자에게로 마음이 기우는 게 느껴졌다. 물론 그의 이름 때문은 아니었다. 다른 무언가가 그녀의 선택을 굳혔다. 다정하면서도 극도로 신중하고 절제된 그의 분위기 탓일지도. 돌 속에서 울려나와 모든 걸 냉각시키는 말씨와도 어우러지는 분위기였다. 데이지는 실망감을 견디기 어려웠지만, 그래도 양쪽 다 잘생긴 남자들이긴 하다고 생각하며 스스로를 위로했다. 게다가 젊은 사람들이었다. 그녀가 기대했던 것보다 훨씬 더. 언어로 치면, 알바니아어를 자기네 방식대로 말하긴 해도 영어는 완벽하게 구사하는 것 같지 않은가. Darling…… My dear……

만일 그녀가 불면의 밤을 지새우게 된다면 애초에 바랐던 대로 둘 중 하나에게 마음이 끌려서도, 무슨 다른 이유에서도 아닐 것이다. 그보다는 두 방문객의 실제 모습에 적응하느라 애를 썼기 때문일 테지. 밤사이, 그리고 이어지는 수많은 밤 동안, 그녀의 내면에 변화가 일어날 것이었다. 이제까진 상상 속에서 감지했듯 이제 현실의 그들을 감지하는 데 필요한 변화였다.

그사이 서로 간의 소개가 끝났고, 두 외국인은 이미 모여 있는 회중 앞에 불쑥 모습을 드러낸 이들이 겪기 마련인 당혹감에 잠시 사로잡혔다. 그들은 모두에게 두번째, 어떤 이들에겐 세번째 미소를 지어 보였다. 이윽고 집주인이 거북한 분위기를 무마하려고 그들에게 물었다.

"뭐 마실 것 좀 드릴까요?"

마실 것 얘기가 나오고 두 외국인이 선택을 할 거라는 생각에 좌중의 긴장이 조금 풀렸다. 두 방문객이 와인에 조예가 깊을 거라 모두 기대했지만, 이상하게도 사실은 전혀 그렇지 않았다. 거기 모인 사람들이 두 방문객의 옷차림에 새삼 주목하며 놀란 것도 어쩌면 그 때문이었다. 아무렇게나 입었다는—더 심한 표현은 삼가더라도—인상을 주는 차림이었다. 결국 집주인이 다시 입을 열게 되었다.

"우리 소도시에 두 분이 오신다는 말을 듣고 혼자 생각했다오. 친지들에게서 멀리 떨어져 타국의 외진 지방에 철저히 고립되는 거라고. 안 그런가요? 그래서 브리지 게임에 초대할 생각을 했소. 그러면 무인고도에 떨어졌다는 느낌이 덜 드실까 싶어서……"

시장은 상대가 알아듣도록 천천히 또박또박 말했고, 두 외국인은 고개를 끄덕였다.

"황송하기 그지없습니다." 둘 중 머리를 짧게 깎은 이가 말했다. "듣던 대로 알바니아인들은 친절하군요."

"여기 당분간 머무르실 겁니까?" 로크 씨가 물었다.

외국인들이 어깨를 으쓱하며 답했다.

"아마 꽤 오래 있을 겁니다."

"기쁜 일이군요." 시장이 말했다.

"감사드립니다."

데이지는 그들의 말씨에서 낯설지 않은 억양을 포착한 것 같았다…… 여학교 시절에 들은 알바니아 고전 작시법 수업…… 하지만 마음을 집중하기가 너무 어려웠다……

"내가 듣기론 우리네 민속에 대해 연구하실 거라고요?" 시장이 물었다.

둘 중 한 명이 답변할 시간을 벌려는 듯 눈썹을 치켜세우자, 시장은 치안판사와 빠른 눈짓을 주고받았다. 시장이 사전에 의혹을 귀띔해준 유일한 인물이었다.

"뭐라 말씀드릴까요? 그렇긴 합니다만…… 아마 다른 문제도 있고요." 윌리 노턴이라 불리는 이가 대답했다.

"미안하지만, 무슨 말인지 모르겠군요."

다른 한 명이 다시 눈살을 찌푸렸다.

"저흰 여러분의 무훈시를 대거 다룰 생각입니다." 그가 설명했다. "그리고 아마도……"

'찬란히 빛나는 태양도 따스함을 전해주지는 못하네……' 데이지는 머릿속으로 시를 외웠다. 문학선집마다 예외 없이 등장하는 서사시였다. 바로 그 운율이 두 방문객의 말씨에도 배어 있었다.

"……어쩌면 큰 연관성이 있다고 보는데," 금발의 외국인이 말을 이었다. "호메로스 이야기를 하는 겁니다."

"건배!" 우체국장 부인이 포르토 잔을 살짝 들어올리며 말했다.

얇게 펴 바른 그녀의 화장 분 아래로, 이제 지겨운 대화는 그만 나누고 두 외국인에게 좀더 재미난 이야기를 듣고 싶다는 초조함이 느껴졌다. 그들이 가져온 듯싶은 최신형 축음기에 대해 데이지에게 들은 바 있었다. 그곳에선, 그러니까 뉴욕에서 캘리포니아에 이르기까지, 요즘은 무슨 춤을 추는 걸까?

"호메로스라고 했소?" 시장이 지적했다. "내가 아는, 그리스의 늙은 장님 시인 말씀인지……"

"Oh, yes!"

상대의 입에서 이 말이 새어나오자 데이지는 가슴이 터질 것 같았다. 그녀는 의기양양한 눈길로 거기 모인 여자들을 돌아보았다. 거봐요. 저 사람들, 영어를 쓰는 진짜 외국인들이라고요!

"아, 그 호메로스요? 삼백 년 전부터, 그가 한 사람인지 아니면 여러 사람인지를 두고 논란이 끊이지 않았다죠……"

로크 씨가 나비넥타이를 고쳐 매더니 만면에 미소를 띠며 은근슬쩍 끼어들었다.

"죄송합니다, 이 외진 촌구석에 박혀 사는 우린 유식한 거랑은 거리가 멀어서요. 나만 해도 방금 전에 말씀드렸다시피 비누를 취급하는 사람이죠. '비너스'라는 여성용 화장비누예요…… 그런 거라면 속속들이 알고 있습죠. 하지만 무슨 철학적인 심오한 문제라든지, 호메로스나 베르디, 또 뭐더라, 그런 것들엔 문외한이랍니다. 내 무지를 용서해주십쇼…… 그래도 알고 싶군요. 호메로스가 두 분의 이번 방문과 무슨 관련이 있는 겁니까? 내 생각이 틀리지 않는다면, 그는 사오천 년 전 여기서 아주 멀리 떨어진 곳에 살았던 사람 아닌가요?"

우체국장의 아내 입에서 "푸우!" 하는 한숨 소리가 새어나왔다. 로크 씨의 머리는 그가 운영하는 공장의 비누보다 나을 게 없다는 게, 데이지가 그녀에게 늘 해오던 소리였다.

두 외국인이 미소를 주고받았는데, 시장은 거기에 암묵적인 무언가가 숨어 있다고 판단했다.

"그렇습니다. 약 삼천 년 전이에요." 외국인 중 한 명이 말했다. "여기서 아주 먼 곳이죠. 그렇다고 관련이 없는 건 아닙니다."

분명 엉큼한 속셈이 있는 거라고 시장이 판단한 그 미소가 그들의 시선에 다시 어렴풋이 떠올랐다. 흠, 이젠 우리를 대놓고 비웃는군, 시장은 생각했다. 우리를 놀리고 있는 게 확실해, 잠시 후 그는 다시 생각했다. 호메로스랑 연관된 적이라고는 한 번도 없었던 이 외진 곳에 그런 문제를 파헤치러 왔다니, 그 말을 믿으란 말이야? 이곳에 온 더 그럴듯한 이유를 찾아냈어야 할 거 아냐! 이 점에서조차 별로 머리를 짜낸 것 같지 않군. 촌구석에 박혀 사는 시골뜨기들……이라고 생각했을 테지. 흠, 하지만 최후의 승자가 진정한 승자라고! 시장은 변함없는 미소를 입가에 머금은 채 마음속으로 계속 투덜댔다. 네놈들은 마천루도 봤겠고 별의별 신기한 것들을 다 봤을 테지만, 그런 너희도 이제껏 한 번도 만나보지 못한 게 있어. 둘 바자야. 그가 너희한테 한번 달라붙으면 거머리처럼 절대 놔주지 않을걸. 너희가 마천루 꼭대기에 올라가 있든, 까마득한 지옥의 나락에 가 있든 말이다!

둘 바자야를 머릿속에 떠올리자 잠시 마음이 진정되었다. 연달아 내무부 장관의 편지, 아니, 그보다 장관이 언급한 "현장에서 덮치는" 순간에 생각이 미쳤다. 그러고 나면 "자네의 임무는 끝나고 내가 그들을 맡을 것"이었다. 솔직히 말해 시장은 "현장에서 덮치는" 게 정확히 무얼 의미하는지 알 수 없었다. 이 대목에서 장관의 편지는 서둘러, 요컨대 다급한 심정으로 작성된 것 같았다. 그들 앞에서 예의바르게 행동하라는 것. 그들이 붙잡힌 다음에도 전과 다름없이 대해주되, 그래도 현장에서 붙들렸고 도망치려 해봐야 소용없음을 그들에게 주지시켜야 한다는 것.

돌이켜 생각해봐도 장관의 편지는 첫눈에 판단했던 것보다 더 기이하게 여겨졌다. 생각보다 훨씬 중대한 일이라는 걸 장관이 재차 강조하지 않았다면 이 모든 게 무슨 놀이로 비쳤을지도 모른다.

시장은 누가 눈치채지 못하도록 조심스레 손목시계를 들여다보았다. 지금쯤이면 피에테르 프레누시가 분명 그들의 짐 가방을 열었을 테고, 세관의 보고대로라면 가방 한가득 들어 있을 메모와 서류들을 복사했을 것이다. 그런 다음 그는 지시받은 대로 해 뜨기 전 그것들을 상관의 책상 위에 갖다두기 위해 가장 흥미로워 보이는 글귀들을 잽싸게 번역에 맡길 것이다.

기분이 좋아진 시장은 거기 모인 사람들 모두에게—관심 밖의 사람들에게조차—편안한 미소를 보냈다. 같은 시각, 피에테르 프레누시는 괴상하게 생긴 작은 건물을 향해 달려갔다. 출입문에 달린 문패에는 '룩스 사진관'이라는 파란 글자가 멋들어지게 새겨져 있었지만, 그 안에서는 치질로 인한 통증 탓에 몸이 반으로 접힌 사진관 주인이 마음 졸이며 그를 기다렸다. 영어로 된 서류에 불과하다는 걸 확인하고서야 그는 마음을 놓을 것이었다. 시신이나 훔친 팔찌, 무엇보다 벌거벗은 여자들을 담은 네거티브필름을 대하면 덜컥 겁이 나곤 했기 때문이다.

시장은 이제 눈에 띄게 흡족한 모습이었다. 걸출한 정보원 두 명이 춥고 습한 이 밤에 밖에서 활동하고 있다고 생각하니 특별한 만족감을 느꼈다. 그의 '눈'과 '귀'가 되어주는 이 완벽한 이인조를 다른 이들이 부러워한다는 걸 알았지만, 이런 평가에도 불구하고 그는 단연 둘 바자야 쪽으로 애정이 기울었다. 무슨 감정 대립이나 특별수당 문제로 간혹 두 사람이 겨루게 될 때면 그로선 아무리 공정해 보이려 애써도 대개는 둘 바자야 편에 서게 마련이었다.

때로 그는 공론을 펼치기까지 했다. 우린 그다지 선진국이라 할 수 없어. 이런 처지의 나라들이 모두 그렇듯, 정보를 알아내는 데 눈이 결정적인 역할을 해내지는 못한단 말씀이지. 이곳 사람들은 대부분 문맹인데다, 읽고 쓸 줄 아는 이들조차 그러는 걸 별로 즐기지 않거든. 회고록을 쓰거나 규칙적으로 편지를 쓰거나 일기를 쓰는 일도 드물고 말이야. 서명과 날인이 든 유언장 없이는 생각하기 어려운 재산상속조차 그저 구두로 이루어지기 일쑤라고. 서명과 소인을 뭐가 대신하는지 아나? 저주가 대신한다고! "내 유언을 충실히 이행하지 않으면 이 세상에서 너는 단 하루도 행복하지 않을 거다!" "병신이 되고 말 거다!" "죽어서 땅에 묻히지도 못할 거다" 등등.

이것이 눈에 대해 그가 하고 싶은 말이었다. 하지만 귀를 문제삼을라치면 그의 어투가 대번 달라졌다. 아, 귀라면 전혀 다른 문제지. 귀는 절대 한가하지 않아. 사람들은 항시 말하고 싶어하고 수군대고 싶어하거든. 알다시피 이렇게 말하고 중얼대는 것들은 드러내 보이는 것들보다 국가에 더 위험해. 적어도 이 나라에선 그렇지. 그는 이렇게 설명했고, 아주 가깝고 믿을 만한 친구들과 함께 있을 때면 정보와 관련해 자신이 저지른 단 한 번의 실수를 떠벌리곤 했다. 바로 '눈' 때문에 야기된 낭패였다. 내용인즉슨, 시골의 어느 호색한이 룰루라고 하는 수도의 화류계 여자에게 음탕한 표현으로 가득한 편지들을 보냈는데, 이 여자와 어느 고관 사이에 그 유명한 연애 행각이 벌어진 와중에 그 편지들의 내용이 드러나고 만 것이다. 그 당시 시장은 편지 하나에서 '비밀조직organisation secrète'이라는 말을 발견했다고 믿었다. (맹세컨대, 바로 그거였어. 여자의 배와 치골과 사타구니에 대한 암시들 사이에서 덤불숲에 숨은 산토끼 같은 그 말을 해독해낸 거였어.) 그런데 실제로 거기 적힌 말은 '오르가슴orgasmes'과 '분비물sécrétions'이었다니! 오, 하느님. 지금도 그때의 실수를 떠올리면 그는 얼굴이 붉게 달아올랐다.

두 손님을 둘러싸고 로크 씨가 시작한 대화가 이어졌다. 시장은 이야기의 맥락을 파악하는 데 시간이 조금 걸렸다.

"그렇습니다. 깊은 관계가 있습니다." 금발의 외국인이 말했다. "하지만 이유를 말씀드리기엔 오늘밤은 시간이 너무 늦었군요."

"다음번에 꼭 말씀드리지요." 다른 외국인이 끼어들어 또박또박 묘하게 끊어지는 발음으로 말했다. "먼 길을 온 터라 피곤해서……"

'어련하실까.' 시장은 생각했다. '사전에 입을 맞출 시간이 필요한 거야! 미리 준비해둘 수고조차 하지 않았단 말씀이군. 아, 가련한 촌구석, 첩자들한테마저 이런 무시를 당하다니!'

누군가가 브리지 게임을 하자고 제안했지만 두 외국인은 거절의 뜻으로 고개를 저었다. 그들은 긴 여행을 해 피곤하다는 말을 되풀이했다. 더 놀라운 일은, 그들이 브리지 게임을 할 줄조차 모른다는 사실이었다. 정말이지 어이가 없었다!

브리지 게임을 포기하자 여자들이 먼저 대화를 나누기 시작했다. 한껏 거드름을 피우며 이야기하는 우체국장 부인을 비누 제조업자 부인이 아니꼽다는 눈으로 바라보았다.

"여기 여자들이 외국인들 앞에서 어떻게든 돋보여 환심을 사고 싶어하는 모습은 진짜 꼴불견이에요." 비누 제조업자 부인이 데이지의 귀에 대고 속삭였다.

데이지는 얼굴이 붉어지는 걸 상대가 눈치채지 못하도록 벽난로 쪽으로 얼른 고개를 돌렸고, 아궁이 주변에서 잠시 바삐 움직였다. 그 바람에 고개를 다시 들었을 때는 정말로 볼이 달아 있었는데, 그건 의심 살 일이 아니었다.

"연애가 하고 싶어 안달하는 걸 보면 구역질이 난다니까요!"

데이지는 무심한 미소를 흘렸다. 그녀는 상대가 자신의 이탈리아어 지식을 과시할 수 없어 약이 올라 있음을 모르지 않았다. 둔하고 느린 치안판사 부인이 저렇게나 기분좋아 보이는 게 그

때문이라는 사실도.

"글로브호텔에 계속 묵으실 거죠?" 치안판사 부인이 두 외국인에게 물었다.

"아닙니다, 부인." 두 사람이 거의 한목소리로 대답했다.

치안판사가 미심쩍은 미소를 지었다.

"거기 아니면 어디서 묵을 생각인데요? 요 근처에서 괜찮은 호텔은 글로브뿐인데요."

"시내엔 머물지 않으려고 합니다." 윌리 노턴이 받았다. "외곽으로 나가려고요."

"뭐라고요?" 데이지가 소리쳤다. 가슴속 무언가가 폭발하는 것 같았다. 즐겁고 기쁜 일은 뒤로 미루자는 심정으로 그때까지 그녀는 두 방문객과 시선이 마주치는 걸 피했었다. 하지만 그 순간 그녀는 쌀쌀맞은 한마디로 가슴에 비수를 꽂은 남자를 취한 눈빛으로 응시했다. 비난과 약속을 동시에 품은 열기 같은 게 느껴지는 시선이었다. 그걸 봤다면 상대도 움찔하지 않았을까. 하지만 남자는 조금 전에 한 말을 가차없이 되뇌었다.

초대한 사람들에게서 잠시 떨어져 있던 시장이 그들 쪽으로 다가와 두 외국인의 거처를 두고 오가는 말에 귀기울였다. 듣고 있자니 아주 이상한 소리였다. 두 외국인은 그들과 함께하는 게 참으로 기분좋은 일이긴 해도 N시에 계속 머무를 생각은 전혀 없음을 분명히 밝히고 있었다. 그렇다고 다른 마을이나 다른 지방으로 가겠다는 마음도 없었다. 이 일대에 머무르는 건 분명하지만 N시는 아니라고 했다. 요컨대 그들은 도시엔 관심이 없어 보였다. 인구가 밀집한 곳에서 멀리 떨어진 외딴 여인숙에 머무를 작정이었는데, 큰길 사거리에 자리한 여인숙 같은 데라는 편이 더 정확했다. 추운 계절이 시작되지만 않았어도 높은 산 위로 올라가 작업을 완수하고 싶었겠지만 지금은 산 정상이 모두 눈으로 덮여 있었다. 결국 그 밑을 지나는 큰길 어딘가에 숙소를 정할 것이었다. 방금 전에 그들이 언급한 대로, 음유시인들이 긴 여행 중에 쉬어 가는 곳. 실제로 그들은 거기서 그리 멀지 않은 곳에 있는 여인숙 하나를 이미 점찍어둔 상태였다.

"알겠다! '라 크루아 여인숙'이군." 비누 공장 사장이 끼어들었다. "슈코드라에서 수도로 가는 중간 지점쯤 대로변에 있는 여인숙."

"아닙니다." 맥스 로스라는 남자가 정정했다. "'물소뼈 여인숙'이라는데, 그냥 줄여서 '물소 여인숙'이라고도 부르더군요."

"아, 거긴 아주 오래된 여인숙이죠. 또 아주 외져서 전보를 보내면 나흘은 걸려야 도착하는 곳이에요." 우체국장이 말했다.

두 외국인은 조용히 웃음을 지었다.

"지도에서 본 곳이에요. 바로 우리가 찾는 곳이죠." 윌리 노턴이 말했다.

그렇고말고, 시장은 생각했다. 비밀스러운 흉계를 꾸미는 데 그만한 장소를 상상할 수 없었겠지.

"그러니까 지도를 가져왔군요?" 시장이 물었다.

"물론입니다. 한아름요. 서사시에 등장하는 땅들은 그 안에 모조리 기입되어 있습니다."

완벽해, 시장은 또 생각했다. 하나도 숨길 필요가 없단 말씀이로군.

그는 서사시에 나온다는 그 장소들이 어딘지 묻고 싶은 유혹을 느꼈지만 상대의 말을 귀담아듣지 않은 척 넘어갔다.

"'물소 여인숙'이라니, 어디 있는 거예요?" 데이지가 우체국장 부인에게 작은 소리로 물었다.

"글쎄, 뭐라 할까요? 페트로랑 딱 한 번 가봐서 잘 기억이 나진 않지만, 소름 끼칠 만큼 낡은 여인숙이에요. 잔햇더미라고나 할지."

"내가 알기로는," 시장이 끼어들었다. "중앙 알바니아에서는 '로베르 형제 여인숙' 다음으로 오래된, 중세 적부터 있어온 숙박 시설이라오."

"여기서 아주 멉니까?"

"아니. 그렇게 멀진 않아요. 마차로 한 시간 걸릴 거요, 내 생각엔."

데이지는 몸이 달아오르는 걸 느꼈다. 마차로 한 시간이면 그리 힘든 일은 아니야.

두 외국인을 둘러싸고 대화가 활기를 띠었다.

"정말이지 놀라운 분들이군요." 로크 씨가 두 외국인 면전에 얼굴을 바싹 들이대고 그들 코앞에서 미소를 흘리며 말했다. "나로 말하면 비누를 만들면서 주변 세상사를 이해한다고 믿습죠…… 어떤 식으로든 비누에 등돌리고 사는 사람은 없잖습니까. 아침부터 저녁까지 온종일 말입니다. 그런 생각을 하면서, 이거야말로 중요하고도 보편적인 무엇이라는 결론에 이르렀습죠. 사람들 머릿속엔 그 생각뿐인 것 같기도 하고요. 정말로 농담이 아닙니다. 몸 전체와 관련된 일이니까요. 머리 감는 데 쓰는 비누도 있고 화장비누도 있죠. 깨끗이 씻어내든 못 씻어내든, 향은 물론이고 그 밖의 장점이나 단점은 제쳐두고라도 말입죠. 예컨대 세정력이 지나치게 좋을 경우, 쉽사리 이해하시겠지만 여자들의 민감한 피부엔 해로울 수도 있어요. 특히나 그네들의 은밀한 부위를 세정할 땐 하하!…… 사정이 그러하니, 사람들 머릿속엔 내가 만드는 비누 생각뿐이라는 환상을 품게 된답니다. 그런데 어쩌다 당신네 같은 분들을 만나기도 한단 말씀입죠. 내 비누엔 전혀 관심이 없는데다, 세상 끝자락에 있는 이곳까지 올 생각을 해낸 분들을요. 게다가 허름한 여인숙에 머무르며 태곳적에 살았던 한 장님이 어땠는지 알고 싶어한다니! 우린 진짜 요지경 세상에 살고 있구먼요!"

'한심한 바보 같으니라고!' 시장은 생각했다. 이 년 전 로크 씨가 재무조사관하고 무슨 내기를 하다 다툼이 생겼을 때 상대가 한 말도 일리가 있었다. "언젠간 네 공장 탱크에 빠져 네놈 자신이 비누로 변해버려라!"

데이지는 가정부의 도움을 받으며 커피를 대접했다. 시장은 찻잔의 커피를 홀짝이며 사념에 빠졌다. 지금쯤이면 호텔 매니저가 새로 도착한 고객들의 짐 가방을 샅샅이 뒤지고도 남았을 시각이군.

두 외국인의 표정에 피로의 기색이 역력했다. 우체국장 부인의 얼굴에 화장 분이 지워지고 없는 건 자정이 가까워온다는 분명한 징후였고, 이는 N시 상류사회에선 누구나 아는 사실이었다. 저마다 하품을 참으려 애쓰고 있었음에도 대기 중에는 졸음의 기운이 감돌았다.

잠깐의 침묵을 틈타 두 외국인은 자리를 뜨고 싶어하는 것 같았다. 그들은 일어나 인사를 했고, 배웅하러 나간 사람들이 층계참에서 그들에게 호텔까지 가는 길을 기억하는지 아니면 누가 그곳까지 동행해주기를 바라는지 묻는 소리가 들렸다. 그때 로크 씨가 그들을 데려다주겠다고 말했다. 사람들은 그렇게 하라고 하면서도 다소 걱정이 되었다. 이런 늦은 시각에 그가 그 일을 자청하는 의도를 분명히 파악할 순 없었지만 왠지 그 지긋지긋한 비누 얘기를 또 꺼낼 것 같은 느낌을 지울 수 없어서였다.

잠시 뒤 다른 손님들도 모두 떠나 이제 시장의 저택에는 부부의 발소리만 들렸다. 긴장된 침묵 속에 들리는 발소리는 서로 다가선다기보다 점점 멀어지는 것 같았지만 결국 부부의 침실에서 합류했다. 데이지는 이미 잠자리에 든 남편의 뒤를 이어 옷을 벗으며 머릿속에서 두 외국인, 정확히 말해 그중 한 명의 모습을 쫓아내려고 애썼다. 그러다 방이 완전한 침묵에 잠기고 부부의 침대 맞은편 십자 창의 네모난 칸들이 어렴풋이 모습을 드러내자 그녀는 처녀 시절처럼 생각의 오솔길을 찾아낸 듯 조금 전 만난 남자에게로 너무도 자연스레 상상을 몰아갔다. 이 시각 그가 무얼 하고 있는지 누가 알까?

두 외국인은 자정 직전에 호텔로 돌아왔다고 둘 바자야는 보고했다. 시장님의 지시대로 그는 지붕으로 올라가 그들이 묵는 방 천장 바로 위에 자리를 잡았다. 그들이 방으로 돌아오기 훨씬 전, 정확히 열시 반이었다. 널빤지 사이로 두 사람이 말하는 소리가 들릴지, 밑에서 일어나는 일들이 조금이라도 보일지 천장 상태를 확인해두었고, 부득이한 움직임이 있을 경우 무슨 삐걱거리는 소리가 나는지도 확인해두었다. 벌레 먹은 들보가 부서질 위험까지 예상해두었으니, 만반의 대비를 해둔 셈이었다. (지금 이 순간조차 수년 전 그 밤에 있었던 일을 떠올리면 그는 공포에 질렸다. 그의 오른쪽 다리가 슈키에지 부부의 침실 천장에서 목매달린 시신처럼 갑자기 튀어나오는 바람에 노부인은 심근경색을 일으켜 일찌감치 무덤으로 향해야 했다.) 천장엔 빈대를 비롯해 역겨운 벌레들이 우글댔지만, 그는 최근에 첩자 감시국에서 승인한 지침에 따라—납득 가능한 일이었는데—빈대를 가득 채운 작은 통을 꺼내 온몸에 뿌렸다. 임무 수행중인 감시자가 졸거나 심지어 잠드는 걸 미연에 방지하기 위해 일부러 마련한 처방이었다.

그가 보고서 첫머리에 언급해두었듯이, 두 외국인은 자정 직전에 자신들이 묵는 방으로 돌아와 복도에 면한 문에서 욕실 문까지 멍한 모습으로 성큼성큼 오갔다. 간혹 그들은 자기 나라 말로 몇 마디 주고받기도 했지만 감시자는 전혀 이해할 수 없었다. 두 사람이 이를 닦으며 한 말이어서가 아니었다. (시장님도 아시다시피, 본인은 상대가 칫솔을 물고 말하든 파이프나 담배 따위를 물고 말하든 전부 이해할 수 있습니다. 마리아 K의 경우엔…… 섹스할 때—이런 말씀 드려 죄송하지만—현 보고서에선 차마 입에 올리지 못할 그 부위를 입에 물곤 하는데도 말이죠…… 그 어떤 경우에도 본인은 모든 걸 완벽히 이해할 수 있을 뿐 아니라, 혐의자가 음식을 씹고 있든, 목이 부었든, 치아가 사 분의 삼이나 모자라든, 그 밖의 어떤 유사한 경우에도 상대가 하는 말을 이해할 수 있습죠. 시장님께서도 분명 알고 계실 테지만, 이 나라 북쪽 지방에서 둘 바자야는 뇌졸중을 일으킨 사람이 하는 말을 이해할 수 있는 유일한 첩보원이죠.) 그렇다, 그 두 혐의자 사이에 오간 대화를 그가 전혀 알아듣지 못한 건, 그들이 칫솔을 문 채 말을 해서가 아니라(그 대화가 이상하리만큼 길었다는 점도 짚고 넘어가는데) 영어로 대화했다는 단순한 사실 때문이었다. 시장님도 알아채셨겠지만 그건 정보원이 모르는 언어였다.

양치를 한 뒤 두 외국인은 짐 가방을 열어 잠옷을 꺼낸 다음 잠자리에 들었다. 어둠 속에서 몇 마디를 더 나누고는 입을 다물었다는 점도 지적해야겠지만 말이다. 밤사이 특별한 일은 전혀 일어나지 않았다. 방문을 두드리는 자도 없었고, 두 사람이 누군가에게 문을 열어주는 일도 없었다. 둘 중 누군가가 창가로 가지도 않았고, 밖에서 손전등이나 라이터 혹은 다른 방식으로 누가 신호를 보내는 일도 없었다. 한 가지 특기할 사항이 있다면, 둘 중 한 명은 잠이 든 반면(감시자가 금세 알아챈 사실이지만) 다른 한 명은 눈을 붙이지 못한 채 잠자리에서 심하게 뒤척이면서 긴 한숨을 내쉬고 몸을 긁어댔다는 것이다. 몸을 긁어댄 이유야 쉽사리 짐작이 가지만(호텔 매니저는 자기 호텔엔 빈대가 없다고 맹세했으나), 그 악당들 중 한 명은 잠이 들었는데 다른 한 명은 깨어 있다는 건 이해가 안 되었고, 그가 잠자리에서 몸을 비틀고 한숨을 내쉬는 이유는 더더욱 이해할 수 없었다. 감시자는 그저 다음 사항을 지적해두고 싶을 따름이었다. 유사한 경우, 다시 말해 악당이 두 명일 때 보통 둘 중 하나는 두려움과 의심, 불안, 나아가 공범을 배신하려는 꿍꿍이 때문에 잠이 들지 못한다는 걸 오랜 경험에 비추어 알게 되었노라고. 이번 경우 역시, 두 외국인의 행동 방식이 다른 건 아마 그 때문일 거라고. 하지만 다른 이유들도 상정해볼 수 있었다. 예컨대 한 명은 흔히 그러듯 양심의 가책으로 잠을 못 이룬 반면, 덜 파렴치한 쪽은 푹 잘 수 있었는지도 몰랐다. 아니면 이런 나쁜 짓에 길들여진 더 파렴치한 쪽이 더러운 양심에도 불구하고 푹 잘 수 있었던 반면, 이런 일을 처음 해보는 쪽은 아직 단련되지 않아 고뇌에서 벗어나지 못한 것인지도. 이런 민감한 사항들은 어쩌면 감시인의 소관이 아니며, 시장님은 자신의 정보원이 승진이나 진급이나 허영심 같은 천박한 의도로 인해 주제넘은 관찰에 뛰어든다고 생각할 수도 있었다. 그래서 그는 이런 비난이 사실무근임을 분명히 해두길 원했다. 그런 일들에까지 그가 관심을 가져 성가신 인간처럼 보일 위험을 무릅쓰는 건 결코 그런 동기 때문이 아니라, 그런 식으로 자신의 임무를 더 잘 수행하는 거라는 확신 때문임을. 언젠가 회의에서 시장님께서도 직접 말씀하시지 않았던가? 정보원은 그저 듣는 도구가 아니라 살아 있는 존재라고. 지시받은 일을 창조적으로 해석할 권리는 물론 의무도 있는 공무원이라고.

한 사람은 잠이 든 데 반해 또 한 사람은 잘 수 없었던 문제로 돌아와, 정보원은 거기서 그치지 않고 부연했다. 상황은 앞서 제시한 가정들과 전혀 다를 수도 있다고. 결국 그는 단순한 결론에 이르렀다. 두 공범은 아마도 안전상의 이유로 한 명이 자는 동안 다른 한 명은 깨어 있는 식으로 서로 역할을 분담한 거라고.

그건 그렇다 치고, 감시자는 누가 어느 침대에서 잤는지 언급하며 보고서에 스케치까지 첨부했다. 그리하여 호텔 매니저의 도움으로, 두 사람 중 눈을 붙이지 못한 쪽이 누군지 쉽사리 확인할 수 있었다.

III

잠들지 못한 쪽은 윌리 노턴이었다. 그는 평소에 쉽게 잠들지 못하는 습성이 있었지만, 그래도 아직 여독이 남아 있던데다 늦게야 호텔에 돌아온 점, 특히 시장의 집에서 한잔한 것까지 감안하면 금세 잠이 들리라 생각했었다. 그런데 전혀 그렇지 않았다. 자리에 누운 지 한 시간이 지나자 뜬눈으로 밤을 새울 것임을 확신하게 되었다. 벼룩 혹은 빈대에 한 차례 물린 것만으로, 수면과 불면을 가르는 여리고 허술한 장벽이 지진이라도 난 듯 무너져내렸다. "장담하지만, 이곳에 빈대는 없어요. 어제 이 방에 살충제를 뿌렸거든요"라는 호텔 매니저의 말과 뒤섞여, 녹록지 않았던 장거리 버스 여행과 소독약냄새, 마침내 N시에 도착해 짐꾼을 구하던 일 등 모든 기억이 알바니아에 도착한 순간의 상황과 겹쳤다. 불결한 관세사무소에 이어 시장의 시선과 그의 가식적인 태도가 떠올랐고, 오래전에 성행했을 법한 그의 살랑대는 목소리가 생각나는가 싶더니, 호텔 매니저가 내뱉은 장담이 또다시 떠올랐다. "……그것들이 천장에서 곧장 떨어져내리지만 않는다면 말이죠." 켜켜이 쌓인 이 느낌들에 설명할 길 없는 불안이 들러붙었다. 어둠 속에 누가 방문을 밀치고 들어올 것만 같은 불안 때문에 그는 잠자리에서 괴롭게 몸을 뒤척이지 않을 수 없었다.

그곳에서 200미터 떨어진 곳에서는, 몇 시간 전에 첩보원인 피에테르 프레누시와 함께 새 방문객들의 수첩 매 페이지를 필름에 담았던 N시의 유일한 사진사가 이제 첩보원의 신경질적이고 위협적인 눈길 아래 필름을 현상하고 있었다. 첩보원은 시장이 두 외국인을 감시하는 첫 임무를 둘 바자야에게 맡긴 사실을 두고 아직 모욕감을 느꼈다. 이제 확실히 알겠지, 얼간이 같으니. 그는 혼자 투덜댔다. 내 도움 없이도 잘할 수 있다고 믿었단 말이지? 하지만 이젠 분명히 깨달았겠지? 네 상대는 교육을 받은 인간들이고, 그런 인간들은 머릿속에 든 걸 뭐든 생각 없이 내뱉는 대신 글로 적어둔다는 사실을 말이야.

사진사는 아직 축축한 네거티브필름들을 건조대에 일렬로 늘어놓은 채 현상액에서 남은 필름을 꺼내는 중이었다. 둘 바자야의 청각이 아무리 제 기능을 발휘한대도 두 외국인의 머릿속에 든 건 저 안에 명백히 나타나 있단 말씀이야, 헤헤!

피에테르 프레누시가 줄담배를 피우는 동안 사진사는 불면과 병으로 초췌해진 얼굴로 마지막 필름을 용기에서 꺼냈다.

"어서요, 어서!" 정보원이 손목시계를 들여다보며 간간이 재촉했다.

새벽 두시 정각에 피에테르 프레누시를 태운 마차는 윌리 노턴이 여전히 침대에서 뒤척이는 호텔 앞을 굉음을 내며 지나갔다. 그는 N시에서 유일하게 영어 독해가 가능한 인물인 프란체스코수도회 소속의 제프 카자지 수사에게 가는 중이었다.

두시 삼십분엔 제프 수사가 성호를 긋고 기도를 올린 다음 ("용서해주십시오, 주님, 또다시 죄를 짓나이다!") 번역을 시작했다.

"맙소사!" 윌리가 베개에 머리를 묻은 채 신음소리를 냈다. 뜬눈으로 밤을 새우는 게 처음은 아니지만 이런 밤은 맹세코 처음이었다. 고뇌가 점차 깊어지면서 가끔씩 들여다보는 손목시계 야광 바늘의 빛이 무슨 지하 분묘의 미광처럼 소름 끼쳤다.

여섯시 삼십분 정각에 마차가 다시 요란한 소리를 내며 호텔 앞을 지나갔지만 이제 그는 탈진한 사람처럼 지쳐 있었다.

"아, 이제 오는군!" 반쯤 잠들어 있던 시장이 요란한 마차 소리를 알아듣고는 탄성을 터뜨렸다.

그는 아내를 깨우지 않으려고 조심조심 일어나 계단을 내려갔다.

피에테르 프레누시가 아직 원망이 가시지 않은 얼굴로 그에게 커다란 봉투를 내밀었다.

"자네가 해냈군." 시장은 그에게 눈길조차 주지 않은 채 말했다. "이제 가서 눈을 붙이게."

그는 서재로 올라가 번역문이 든 종잇장들을 봉투에서 꺼냈다. '긴급히 요구하신 서류 재중. —P.P.'라는 짤막한 메모가 첨부되어 있었다.

시장은 깊은 한숨을 내쉬었다. 아, 둘 바자야의 보고서와는 천지 차로군! 바자야의 보고서만큼 흥미진진한 글은 세상에 없었으니, 낯 뜨거운 얘기지만 연애소설도 그의 글만 못했다.

그건 그렇고! 시장은 수사의 아름다운 글씨로 채워진 종잇장들을 펼쳤다. 그 수상쩍은 놈들 머릿속에 뭐가 들었는지 좀 보자고. 왠지 심기가 불편했다. 둘 바자야가 아닌 다른 사람에게서 이 자료를 입수했다는 사실에 죄책감 같은 게 섞여들었다.

그건 그렇고! 그는 자료를 읽기 전 또 한번 중얼댔다.

잠시 뒤 그는 고개를 들고 눈을 비볐다. 독서를 좋아해본 적이 한 번도 없음에도, N시의 다른 공무원들과는 달리 그는 때때로 책을 읽었다. 아내의 등쌀에 못 이겨 읽는 거라고 험담꾼들이 빈정대도 괘념치 않았다. 길고 무료한 저녁시간 동안 부부 사이에 은밀히 끼어드는 긴장은 노골적인 다툼보다 더 만사를 망쳐놓기 일쑤건만, 그 자신은 분위기를 바꾸기 위해 아내의 귀에 다정한 말을 속삭여댈 필요가 없었다. 티라나로 짧은 여행을 다녀오자고 약속할 필요도, 여느 남자들의 방식대로 좀 패주거나 할 필요도 없었다. 오래전부터 머리맡에 놓여 있던 책을 집고 펼치기만 하면 되었다. 그러면 그를 훔쳐보는 데이지의 시선이 느껴졌다. 처음엔 조심스럽던 시선이 자기 때문에 고난을 자청하는 상대를 보기가 안쓰럽다는 듯 동정의 빛을 띠었다. 그러고 나면 침실과 욕실 사이를 오가는 그녀의 발길이 점점 잦아지고 비단옷 스치는 소리가 더 또렷이 들리다가 마침내 기다리던 순간이 닥친다. 감사의 정을 느끼는 그녀가 발끝으로 다가와 그의 관자놀이에 입을 맞추는 것이다. 그들 사이에 자리잡는 더없이 정다운 순간이었다. 데이지가 부드러운 눈길로 그의 책장을 덮으며 안경을 벗길 때면 더더욱 그랬다.

오래전부터 독서는 그렇게 그의 정신과 감각 속에서 화장 분 냄새와 연관되어 있었다. 그런 자극제가 없을 때 그에게 독서는 이중으로 지루한 일이었다.

그런데 이 순간 그게 고역으로 느껴지는 건 또다른 이유에서였다. 불안에 가까운 조바심을 내며 기다렸던 글들이건만 실망을 감출 수 없었다. 뭐가 뭔지 도무지 이해되지 않지만, 몹시 수상쩍다는 게 골자였다.

대부분의 글은 일기 형식이었고, 여기저기 짤막한 편지도 들어 있었다. 주로 알바니아어 습득이나 속기술과 관련된 내용이었다. 비밀 유지에 대한 내용도 종종 눈에 띄었다. 때로 무언가에 대한 조바심이 감지되기도 했다. 서둘러야 한다, 안 그러면 너무 늦을 것이다, 라는 말이 쓰여 있었다.

서둘러야 할 이유가 뭘까? 너무 늦을까봐 두려워하는 게 대체 뭘까?

시장은 수수께끼 같은 문장들을 다시 찾아낼 요량으로 서류를 끝까지 들춰보았다. 하지만 일부러 그렇게 쓴 것 같은 난삽한 글에서 그런 문장들을 골라내기는 쉽지 않았다.

그래, 그는 한숨을 쉬었다. 계략의 내막을 다소라도 밝히려면 글을 샅샅이 읽어야 한다는 걸 깨달아서였다. 둘 중 윌리 노턴이 썼다.

마치 다른 계절에 속한 듯한 먼 나라의 그 나른한 오후가 머릿속에 떠오른다. 나는 무얼 해야 할지 모르는 채 소파에서 반쯤 뒹굴며 라디오를 듣고 있었다. 인터뷰에 응하는 스튜어트 교수의 말은 지금 생각해도 진부하기 짝이 없다. 호메로스와 관련해 누구나 아는 닳고 닳은 말이었다. 두 가지(그리고 세번째도 있었다!) 주요 해석을 두고 삼백 년 전부터 지속되어온 논쟁이니 어쩌니…… 그 모든 말들을 듣고 있자니 지루해 죽을 것만 같았다! 호메로스는 정말 『일리아드』와 『오디세이』의 저자였을까, 아니면 그저 일종의 편집자, 더 정확히 말해 편집진의 우두머리에 불과했을까?…… "물론이죠, 우리 시대의 명칭을 사용한다면 말이죠……" 그러자 약속이나 한 듯 기자와 교수의 웃음이 뒤섞였다. 못 들어주겠군! 나는 당장에라도 자리에서 일어나 라디오 볼륨을 낮출 태세였다. 한심한 인간들이나 솔깃해할 방송이야, 라는 생각까지 했다. 바로 그때 이 호메로스 학자가 기자의 의견에 답하며 여담을 늘어놓았다. 기적 같은 이 여담이 나를 멈춰 세웠다. "지금도 그런 서사시가 만들어지는 나라나 고장이 세상 어딘가에 존재할까요?" "아, 충분히 제기될 수 있는 질문이에요. 사실 몹시 흥미로운 질문입니다……" 그러고 나서 이 호메로스 학자는 놀랍게도(한심한 인간들에게야 안 그렇겠지만) 실제로 그런 곳이 존재한다고 설명했다. 매우 국한된 지역이긴 해도 이런 유의 시가 생성되는 곳이 세상에 단 한 군데 있다고. 그러면서 그는 그곳이 어딘지 명확히 했다. 발칸반도, 정확히 말해 알바니아 북부 전역을 포함해 유고슬라비아 영토의 몬테네그로 일부와 보스니아의 몇몇 고장을 아우르는 지대라고. "이 지역이야말로 지구상에서 유일하게 호메로스의 서사시와 유사한 시적 소재가 생성되는 곳이죠"라고 그는 말했다. "시쳇말로 최후의 제작소이자 산실이라 할 수 있습니다. 여전히 복원 작업이 이루어지는……"

시장은 고개를 저었다. 또 무슨 내용이 있는지 더 읽어봐야겠군, 하고 생각했다.

더 읽어내려가니, 그 말을 듣고 두 멍청한 인간이 얼마나 놀랐는지가 쓰여 있었다. 너무 늦는 건 아닐까 하는 그들의 두려움도 처음으로 등장했다.

이 오래된 논쟁에 새로운 돌파구를 제시하겠다는 희망(지나친 장담은 금물이지만)을 품고 호메로스 관련 주제로 박사학위를 받으러 친구인 맥스 로스와 함께 아일랜드에서 온 일개 연수생인 내가 이 말을 듣고 깜짝 놀란 건 당연한 일이다.

최후의 산실이라, 나는 되뇌었다. 최후의 작업실…… 내 의식이 동의를 거부하는 듯 좀 멍한 상태로 이 말들을 곱씹었다. 라디오에서 계속 말소리가 흘러나왔지만 나는 이미 듣고 있지 않았다. 세상의 마지막 제작소라. 이번에는 마비 상태에서 깨어나려는 것처럼 큰 소리로 중얼댔다. 얼마 안 가 이 제작소는 사라져버릴 수도 있었다. 이미 위태로운 상태였으니까. 너무 늦기 전에 기회를 잡아야 했다. 그곳이 폐허가 되기 전에, 모래로 뒤덮이고 망각의 장막에 감싸이기 전에.

내가 방안을 이리저리 오가고 있음을 깨달았다. 이 일을 좀더 차분히 따져보고 싶었겠지만 불가능했다. 맙소사, 서둘러야 해! 나는 생각했다. 최대한 빨리 그리로 떠나야 해. 그 오래된 산실을 찾아내야 해. 천 년 묵은 산실. 현미경으로 보고 청진기로 듣듯 가까이서, 밀랍이, 호메로스의 정수精髓가 흘러나오는 방식을 목격하는 거야. 거기서 한 발만 더 내디디면 호메로스의 수수께끼까지 풀리겠군.

쉿! 나는 그 즉시 다짐했다. 이 말을 누구에게도 하지 말 것. 맥스 로스를 제외하고는……

유일한 땅…… 나는 되뇌었다. 여전히 서사시를 낳을 수 있는 유일한 땅. 지상의 다른 곳은 이미 오래전에 폐경을 맞았지만 말이다. 아직 생식력을 지닌 유일한 지대가 그곳이었다. 아직 성감을 지닌 곳, 인공수정을 해서라도 마지막 서사시를 낳을 수 있는 곳. 이대로 기다렸다가는 너무 늦고 말 것이다. 모래와 망각이 모든 걸 뒤덮고 말 테지. 그 수수께끼마저도……

이건 우리도 이미 아는 얘기군, 이런 생각을 하며 담배를 찾는

시장의 손이 신경질적으로 떨렸다. 그래, 우리도 아는 얘기야. 호색한 같으니라고! 이번엔 큰 소리로 그는 되뇌었다.

읽는 데 다시 집중하려니 잠시 시간이 필요했다. 그 젊은 놈들 중 하나가 상대에게 그 말을 전했고, 두 놈 모두 그 '발견'에 마음을 빼앗겼다는 걸 짐작할 수 있었다……

우리 둘은 취한 사람들처럼 앞으로 일어날 일들을 상상해보았다. 세상이 발칵 뒤집힐 것이었다. 매사추세츠대학 고전학부가 그럴 것이다! 남동부 유럽 문화연구소도 그렇겠지! 아일랜드의 우리 고향에선 사람들이 도무지 못 믿겠다는 듯 고개를 젓겠고. 윌리 노턴과 맥스 로스라고? 잘못 들었겠지…… 분명 다른 사람들일 거야!……

우린 그런 일들을 생각하며 웃었다. 그리고 앞으로 닥칠 반향들을 또다시 상상했다. 노래하라, 뮤즈여, 하버드와 국제 호메로스 연구센터의 분노를. 그리고 내 어리석은 장모 다이애너 스트래트포드의 분노를, 이라고 맥스가 덧붙였다……

맙소사, 우리가 너무 웃은 건 아닐까? 즉시 출발해 현장으로 가야 해. 바로 그 지역으로, 임종을 맞고 있는 그 산실까지. 내일 당장 신문에 공고해야겠어. 공고한다고? 아니야, 오히려 극비에 부쳐야 해. 그런 일은 상상조차 하지 않은 것처럼 말이야. 지체 없이 실행에 옮기는 거야. 아무에게도 말하지 않고.

우리는 이 근사한 결의를 여러 차례 되뇌었다. 그러자 맥스가 나를 똑바로 바라보며 나지막이 말했다. "좋은 생각인 건 틀림없어. 하지만…… 그래도 준비 없이는 아무 일도 할 수 없지……"

활활 타오르는 우리의 열광에 처음으로 찬물이 살짝 끼얹어졌다.

이것도 우리가 익히 아는 바야. 시장은 재떨이에 담배를 꾹 눌러 끄며 중얼거렸다. 자, 이제 문제가 어디 숨었는지 보자고……

그는 음모가 거기, 손닿는 곳에 있다고 확신했다. 그래도 그걸 들추어내려면 좀더 노력해야 했다.

……호메로스는 누구일까? 수많은 유식한 이들이 상상하듯 장님 시인일까? 아니면 일개 편집자, 그것도 아니면 스튜어트의 주장대로 편집진 우두머리? 그리스 학술원 J. F. 호머 경의 노고로 수집되고 편찬된 『일리아드』와 『오디세이』라, 하하하!

그사이에도 우리 생각은 발칸반도를 향해 쉴새없이 달려가고 있었다. 스튜어트의 말대로라면 음유시인들이 아직 생존해 있는 곳이었다. 틀림없는 마지막 음유시인들, 다시 말해 호메로스의 마지막 계승자들. 우리는 그들의 담시를 듣고 녹음할 것이다. 의심의 여지가 없었다. 그냥 녹음만 하는 게 아니라 그것들을 서로 비교할 것이다. 당연히 서로 다른 음유시인들을 대조하고, 서로 다른 버전을 비교하게 될 거다. 하지만 그걸로 충분할까? 그 두 가지 사항을 수첩에 적으면서, 우리를 기다리는 이 모험이 애초의 상상보다 훨씬 복잡하다는 걸 새삼 깨달았다……

시장은 방금 전에 읽은 글을 다시 훑어보았다. 반복되어 등장하는 '녹음'이라는 말…… 우리를 기다리는 모험…… 이 모든 준비 과정……

어디서 명령을 하달하는지 이제 알아내야겠군, 그는 생각했다. 너희가 말하는 연구소인지, 아니면 무슨 그리스 정보국인지 말이야!

그러나 잇따른 실망감에 흥분이 가라앉았다. 그의 의혹을 해소해줄 작은 섬광 대신 지루한 장광설이 이어졌다.

알바니아 서사시를 거의 총망라한 최신판을 마침내 찾아냈다. 그 담시들을 노래한 방랑시인들에 대한 언급도 함께. 우린 다른 음유시인들의 시 모음집을 출간할 것이다. 그렇게 서사시는 무수한 얼굴을 내보일 것이다. 동일한 존재가 윤회를 통해 다시 태어나듯……

우리는 알바니아 서사시 자체보다는 그 창작 기법(오늘날의 용어를 빌리면)에 더 관심이 간다. 거기서 보편적인 진실을 끌어낼 작정이다. 즉 서사시의 생성 양식을 밝힘으로써 호메로스의 수수께끼를 푸는 것.

대조야말로 우리 작업의 한 열쇠다. 여러 다른 음유시인들을 대조한다는 의미만은 아니다. 최우선 과제는 한 음유시인이 부른 동일한 노래의 다양한 해석을 대조하는 것이다. 요컨대 하나의 시를 어느 날 노래한 방식과 일정한 시간이 지난 뒤 노래한 방식을 대조하는 것. 그건 한 달 뒤일 수도, 석 달 뒤일 수도 있다.

이 일은 분명 기억의 문제만을 다루는 게 아니며, 오히려 구전시의 근본적인 요소와도 연결된다. 즉 망각의 메커니즘 역시 단순한 망각이 아니라 훨씬 복잡한 과정이라는 것. 무의식적인 망각일 수도, 자발적인 망각일 수도 있다는 말이다. 망각이라 일컬어지는 이것이 시의 새로운 해석에 정당성을 부여한다……

음유시인이야말로 서사시의 메커니즘에 있어 주된 구성요소여서, 그는 발행인이자 서적상이며 도서관장인 동시에 그 이상의 존재, 즉 저자가 죽은 뒤에 작품을 완성하는 공동 저자이기도 하므로 그에겐 텍스트를 수정할 권리가 있다. 이는 그 누구도 반박할 수 없는 합법적인 권리로서, 그 자신의 양심 외에는 아무도 그걸 비난하지 못한다.

호메로스와 관련된 설명을 하기 위해 이제까지 우리에게 근본

적이라 여겨졌던 질문이 이제 다른 질문에 자리를 내주지 않으면 안 될 것 같다. 음유시인 한 명이 얼마나 많은 시를 암기할 수 있는지 묻는 대신(어떤 이들은 6천이라 하고, 또 다른 이들은 8천, 아니면 1만 2천이라 말하는 이들도 있다), 음유시인 한 명이 얼마나 많은 시를 잊고 싶어하는지를 물어야 한다는 것. 아니, 그보다 **망각 능력이 없는** 음유시인이 있을 수 있는지를.

그러고 보면 음유시인들의 세계에 대해 우린 아직 아는 게 별로 없다. 그들은 어떤 사람들이며, 어떻게 재능이 드러나는 걸까? 대중은 언제 그들의 예술에 갈채를 보내며, 그들은 어떻게 명성을 얻거나 어둠 속에 다시 묻히는 걸까? 그들 사이의 경쟁은 어떻게 이루어지고, 문체나 학파란 대체 무엇이며, 그들 사회에서 경쟁 관계란 어떤 걸까? 범용한 걸 걸러내고 걷어내는 일과 최상의 것들을 선택하는 과정은 어떻게 이루어질까?

우리는 그 모두를 눈앞의 현장에서 확인할 것이다. 조금이라도 운이 따라준다면 이 세계를 간파할 수 있을 테지. 그들 내부에서 그 오래된 반죽이 어떻게 부풀어오르는지 알게 될 것이다. H 자신의 시대 이후로, 이제까지 늘 그래왔던 것처럼.

시장은 막 하품을 하려다 소설 같은 한 구절을 발견했다.

이번 주 들어 두번째로 시야가 좀 흐려지는 걸 느꼈다. 처음엔 시야가 안개 장막으로 뒤덮였다. 과한 독서 탓이라 여겨 전혀 신경 쓰지 않았다. 같은 증상이 오늘 반복되었는데 먼젓번과는 조금 달랐다. 눈앞 공간이 무슨 금간 유리창을 통해 보는 것처럼 쉴새없이 흔들렸다. 흔들림 탓에 망막이 손상되는 느낌이었다. 그러고 나자 시야가 한참 동안 뿌옜다.

안과에 꼭 가봐야겠다……

유사한 상황에서 늘 그렇듯 시장은 아내의 화장 분 냄새를 맡는 기분이었다. 거무스레한 음부가 시작되는 매끄러운 아랫배에서 나는 그 화장 분 냄새를 상상했다. 하지만 육체의 욕망으로 호흡이 느려지는 대신 그의 시선엔 잔인함이 감돌았다.

머릿속에서 나쁜 생각을 쫓아내려는 듯 그는 한없이 지루하기만 한 글들 속으로 다시 들어가려고 애썼다.

독일 학자들이 쓴 세 편의 논문. 그리스-알바니아의 공통 주제들을 비롯해, 하나의 신화가 다른 신화로 옮겨지거나 서로 뒤섞이거나 전이되거나 수정受精되는 방식들을 연구한 최초의 논문들이다. 첫번째 논문은 서사시의 창조 과정이 알바니아에서 끝난다고 보는 반면, 다른 논문에선 그 과정이 계속 이어지고 있다는 상반

된 주장을 편다. 그런가 하면 또다른 논문은 그 둘 사이에서 중도적 입장을 취한다. 서사시의 시대가 알바니아에서 실질적으로 끝났다 해도 최후의 불꽃이 그 시들 속에서 아직 꺼지지 않은 불씨처럼 타오르리라는 것. 서사시 제작이 사라져가고는 있으나, 그 제작실은—아무리 노후했을지언정—여전히 버티고 있다는 것.

그렇다면 우린 서둘러야 한다. 불씨가 꺼지기 전에 서두르자! 제작실이 무너져내리기 전에!

불씨가 꺼지기 전이라…… 시장은 되뇌었다. 탐정소설에 나오는 수수께끼에 익숙한 그의 머릿속에서 이 불씨의 모습이 차례로 바뀌었다. 오래전에 잠입해 있다 잠든 경찰들이었다가, 어느 수녀원이었다가, 오래된 음모를 상징하기도 했다. 그러다 돌연 그 모두로부터 비켜나 아내의 성기를 가리켰다.

이제 그만! 그는 종잇장 위로 시선을 떨구며 마음속으로 외쳤다. 상형문자로 쓰인 글일지언정 기필코 읽어내고야 말 것이다!

……어떻게 생명체가, 일반적인 소재가, 서사시의 메커니즘 속에 침투해서는 예술로 변모되어 나오는 걸까?

이건 망각의 문제만큼이나 매혹적인 또다른 문제다.

동시대 사건들을 서사시(호메로스풍의)로 변형시키는 알바니아 음유시인들을 아직 찾을 수 있다는 확신을 독일 학자들은 절대 포기하지 않는다. 그런 기적을 눈앞에서 목격한다는 건 정말이지 드문 행운일 것이다.

이런 변모를 생각할라치면 내가 살던 동네에서 멀지 않은 더블린 외곽의 오래전에 버려진 어느 낡은 무두 공장이 떠오른다. 호메로스의 서사시가 만들어지는 오래된 제작실도 그와 같지 않을까.

사건이 롤러와 톱니바퀴, 뭔지 모를 탁한 액체로 채워진 통을 지나며 어떤 처리 과정을 밟는 걸까? 음유시인들의 가슴과 뇌, 환상, 열정, 심지어 그들의 유전자는 어떤 방식으로 이 과정에 참여하게 되는 걸까?

이 모두는 시신의 방부처리 작업과도 흡사하다. 이 경우엔 시신이 아니고 삶의 한 조각, 하나의 사건, 주로 어떤 불행한 경험이라는 점만 다르다.

요컨대 총체적인 관점에서 서사시 자체는 일종의 시체 공시장에 불과하다. 냉장실이랄지. 그 분위기가 언제나 차갑다 못해 그 이상인 것도 우연이 아니다. 그곳의 온도는 항시 영하다. 게다가 그 안엔 하나의 표현이 후렴구처럼 어김없이 등장한다. **찬란히 빛나는 태양도 따스함을 전해주지는 못하네……**

시장은 앞서 나온 말들을 다시 훑어보며 페이지 중간에 나오는 "뭔지 모를 탁한 액체"라는 표현에 밑줄을 그으면서 데이지의 몸에 대한 생각을 머릿속에서 떨쳐버리려고 애썼다. 하지만 도무지 그럴 수 없었다. 이어지는 글 역시 소설과 너무 흡사했으니까……

……잠을 이룰 수 없다. 고층 빌딩들 창유리를 통해 흘러나오는 불빛이 아직 희미하게 반짝인다. 띄엄띄엄 보이는 저 불빛들은 아무도 살지 않는 은하계에 속해 있는 것만 같다.

그 배경막 위로 몇몇 조미료를 비롯해 눈에 좋은 비타민을 선전하는 광고판들이 뚜렷이 드러나 보인다. 안과의가 내게 처방해준 약도 그것들 중 하나일 테지.

호메로스라는 이름이 우리 두 사람, 윌리 노턴과 맥스 로스라는 이름과 나란히(맙소사, 한 맹인을 두 사람이 곁에서 부축하고 있다고나 할까) 신문 표제를 큼지막이 장식하며 반짝이는 전광판 뉴스에 떠오르는 광경을 상상해본다.

그래, 네놈들도 장님이나 되어버려라. 네놈들의 우상보다 더 지독한 장님! 시장은 마음속으로 소리지르며 일종의 위안을 느꼈다. 무슨 악담을 퍼붓고 난 뒤면 어김없이 맛보는 후련함이랄지.

아니, 요것 봐라…… 연이어 그는 "기적 같은 날"이라는 말을 발견하고 중얼댔다. 대체 무얼 두고 이 두 얼빠진 인간들이 감탄해 마지않는 거지?

……기적 같은 날. 놀라운 날. 행운의 날.

우린 정말이지 신의 가호를 믿고 싶어진다. 이 말을 이루는 magnês와 phônê이라는 마술적인 요소, 특히 후자는 고대로부터 유래한다는 느낌을 지울 수 없다.

오늘 하루가, 우리의 다음 여정과 총체적인 작업이, 이처럼 경이로운 차원을 부여받게 된 건 바로 이 두 단어 때문이다. 정확히 말해, 이 둘의 조합으로 이루어진 말. 어제까지도 우리가 몰랐지만 이젠 마술적인 무언가가 되어 있는 magnétophone이라는 말.

그건 인간의 음성을 녹음하는 기구다. 어디든 가져갈 수 있는 기구. 녹음만 하는 게 아니라 원하는 만큼 소리를 재생할 수도 있다…… 우리한테 꼭 필요한 물건이다! 하늘이 보내신 물건! 신의 섭리다! 올림푸스에서 내려오는!……

흠…… 시장은 잔기침을 했다. 놈들의 기계가 뭐에 쓰이는지 알겠군…… 사실 시장은 별의별 용도를 다 상상해보았었다. 촬영 카메라, 석유층 탐지기, 국회를 날려버릴 무시무시한 폭탄……

조심! 왕의 이름에 시선이 멎는 순간 그는 스스로를 질책하며 마음을 가다듬었다.

무엇보다 우리는 쉴새없이 알바니아에 대해 더 많은 걸 배우고 있다. 작은 나라. 오랜 민족. 비극적인 역사. 처음엔 유럽의 한 국가였다가 아시아의 지배를 받았고, 20세기에 이르러 다시 유럽에 귀속되었다. 인구의 절반이 국경 너머에 거주한다.

우리가 믿기에 이 나라의 으뜸가는 부富는 서사시지만, 그 외에도 크롬과 석유가 생산되는 나라. 새의 이름을 지닌 국왕, 조구 1세. 즉 Bird the First……

안과에 또 갔었다. 의사의 처방을 다시 받았다.

맥스는 아내와 문제가 있다.

우리는 녹음기를 구입하기 위해 필요한 액수를 어떻게든 빨리 모으려 애쓰고 있다.

이제 우리는 모든 생각을 이 기계와 관련해 재정립하고 있다. 이상한 일이지만, 우리 일에 그것이 끼어든대도 전혀 걱정되지 않는다. 너무도 자연스럽게 끼어들어 마치 우리가 그 존재를 이미 알고 모든 일을 계획했다는 느낌마저 든다. 우리의 잠재의식 속에 이미 존재하고 있었다는 듯이……

시장은 지루해 죽을 것 같은 글들을 몇 장 더 훑어내려갔다.

눈이 거의 감긴다 싶었는데 '공사'와 '첩자'라는 말이 나와 화들짝 놀랐다.

가까이 오는군, 가까이 오고 있어, 내 귀여운 아가들. 그는 담배를 찾으며 중얼거렸다. 놈들이 덫을 향해 달려들고 있어.

글을 읽으며 그는 몇 차례나 같은 말을 반복했다. '덫'이라는 말이 워싱턴 주재 알바니아 공사관을 말하는지, 아니면 알바니아 자체를 말하는지 정확히 가늠하지 못한 채로.

……우린 알바니아 입국비자를 신청해둔 워싱턴에서 돌아온 참이다. 알바니아 공사관에서 받은 대접에 다소 실망했다는 사실을 숨기지 않겠다. 우호적인 데라고는 전혀 없는 대접. 오히려 의심하고 불신하는 분위기였다.

우리를 직접 맞은 공사 때문에 어리둥절했다. 고풍스러우면서도 그로테스크한 그 작은 왕국에서 파견된 영리하고 교활하고 냉소적인 그 사람은 유럽의 주요 언어들을, 스웨덴어를 포함해 두루 구사한다. 한때 아폴리네르의 친구며 후원자였다고. 만사를, 특히 자기 나라와 국민을 비웃는다. 우린 여행 동기에 대해 최대한 모호함을 유지하려 했음에도 불구하고 호메로스라는 이름을 들먹이지 않을 수 없었는데, 그러자 공사가 말했다. "『일리아드』의 첫 구절 'Mênin aeidé, thea, Pêlêiadéô Achilêos(노래하라, 여신이여, 펠

레우스의 아들 아킬레우스의 분노를)'에 나오는 mênin이라는 말이—확인해보면 아실 테지만—원한을 뜻하는 알바니아어 meni라 여기는 이들이 있다오. 그러니까 이 세계적인 문학작품에 나오는 첫 서너 단어 중 불행히도 가장 씁쓸한 첫번째 단어가 알바니아어란 말입니다…… 하하!" 그러고 나서 알바니아에 대해 몹시 신랄하고도 빈정대는 어투로 말하기 시작해 결국 맥스가 끼어들고 말았다. "무슨 말씀인지 여전히 모르겠군요, 공사님. 진지하게 하시는 말씀인지, 아니면 농담을 하시는 건지. 호메로스 작품에 나오는 meni에 대한 얘기만 해도, 마음대로 해석하신 건가요? 아니면……" 그러자 공사의 두 눈이 가공할 빛을 발했다. 지성과 냉소, 신랄함과 악의가 뒤섞인 눈빛. "그 단어라면, 방금 말씀드린 그대롭니다. 다만……"

거기까지 말하고 그는 입을 다물었는데 눈빛이 더한층 어두워졌다. 눈가에선 그저 조롱기가 번득였지만 눈동자는 사나운 광채를 뿜어냈다. 이어진 긴 침묵 탓에 "다만……"이라는 말이 더 무겁게 와닿아 맥스는 대화의 공백을 견디지 못하고 끼어들었다. "다만 뭔가요, 공사님?……"

"다만," 공사가 결국 하려던 말을 마저 했다. "오늘날의 알바니아인들은 아마도 두 분이 생각하는 그런 사람들이 전혀 아닐 겁니다."

"우린 아직 아무 생각도 없는데요." 내가 받아쳤다. "공사님은 저희가 만난 첫 알바니아인인데, 솔직히 말해, 글쎄요…… 놀랍습니다!"

공사가 다시 웃었다. 반면 면담에 동석하고 있었지만 한 번도 입을 열지 않았던 영사가 이제 의심이 역력한 얼굴로 우리를 뚫어져라 바라보았다. 맥스가 공사에게 보여주려고 가방에서 꺼내든 지도들을 영사가 몰래 곁눈질하는 걸 보며 나는 생각했다. '맙소사, 확실해. 저이는 우릴 첩자로 여기는 거야.'

"영사가 우릴 첩자로 여기더군." 공사관을 나오며 내가 맥스에게 말했다. "나도 눈치챘어." 맥스가 이렇게 대답하며 되물었다. "공사에 대해선 어떻게 생각하나?""놀랍더군!" "놀랍다고?" 맥스가 받아치며 말을 이었다. "그 정도 말로는 부족하지……"

메모는 여기서 끝났다. 시장은 눈을 비볐다. 묘한 얘기군, 하고 생각했다. 머릿속에 커다란 구멍이 뚫린 느낌이었다.

창문 쪽 무언가로 시선이 쏠렸다. 비바람이 창유리를 세차게 내리치고 있었다. 사람들 머릿속에, 다음주면 갚아야 할 빚이나 아직 아무한테도 털어놓지 않은 암에 대한 두려움 등등의 우울한 생각만 심어놓는 그런 고약한 아침이 밝아 있었다……

"'영사가 우릴 첩자로 여기더군.' 내가 맥스에게 말했다……"

시장은 이 부분을 읽고 또 읽으며 고개를 끄덕였다. 나쁜 놈들.

그가 중얼거렸다. 첩자라는 말을 자기들이 먼저 꺼내 의심을 피하려고 선수 치는 거야! 방화범 자신이 불이야! 하고 소리치는 것처럼. '이 점에서 우린 거리낄 게 전혀 없으니 이런 말을 해도 무섭지 않아……'라는 뜻이겠지. 그렇다고 나를 속여넘길 순 없다고! 첩자가 틀림없어. 그보다 더 나쁜 놈들이야. 호메로스니 음유시인이니 하는 허튼소리도 더러운 짓을 은폐하려는 수작일 뿐이야. 이 메모들도 작성한 다음 일부러 짐 가방 속에 넣어둔 거라고. 사람들이 더 쉽게 찾을 수 있도록 말이야. 멍청한 피에테르 프레누시가 찾아낸 것도 바로 그거고.

멍청한 인간! 시장은 화가 나서 트림까지 해대며 혼자 중얼댔다. 미련통이! 녀석은 아르타반*처럼 의기양양한 모습으로 봉투를 내밀며 으스대는 기색이었지. '제가 무슨 일을 해낼 수 있는지 이제 아시겠죠!' 하고 말하려는 듯이. 아, 어리석은 놈! 그들이 널 속여먹고, 너 따윈 무시해버린 거야, 이 얼빠진 놈아! 하지만 나한텐 통하지 않지. 이 종이 쪼가리들은 모조리 속임수에 불과해. 둘 바자야가 뭐라 할지 기다려보자고……

늘 그러듯 둘 바자야를 떠올리자 그는 노여움이 가라앉았다. 둘 바자야야말로 그의 위안이며 편안한 밤을 보장해주는 비밀이

---

* 헨리 반 다이크의 소설에 나오는 네번째 동방박사.

라고 그가 말하는 데는 이유가 있었다. 아무 이유 없이 그를 사로잡기에 한층 고통스러운 불안이 불쑥 찾아들 때면, 그는 둘 바자야가 벽난로 연통 속이든 거무튀튀한 들보 위든 어딘가에 올라앉아 있다는 상상을 했고, 그러면 즉시 마음이 진정되었다. 그가 망을 보고 있어, 불행이 닥치지 못하게…… 하는 생각을 했다.

하지만 경솔한 놈, 넌 완전히 속아넘어간 거야! 그는 다시 으르렁대기 시작했다. 그들이 네 코앞에 종잇장을 들이밀며 널 속여먹은 거라고. 비열한 첩자들 같으니!…… 악당들!……

그는 마음속 가장 깊은 곳에서 솟구치는 맹목적인 분노의 물결에 휩쓸렸다. 덧문이 달그락대는 소리가 다시 들리는가 싶었는데, 방문이 열린 소리였다. 그는 깜짝 놀라 데이지를 바라보았다.

침대의 온기가 채 가시지 않은 그녀는 속이 비치는 잠옷 차림으로 어느새 그의 곁에 다가와 있었다. 세상에, 그녀에게서 발산되는 이 부드러움이라니! 졸음에 겨운 그 모습이 그녀에겐 그 어떤 치장보다 잘 어울린다고 말해줄 만했다……

"뭐해요?" 그녀가 작은 소리로 물었다.

그는 자기도 모르게 손으로 종잇장들을 가렸다. 아직 졸음이 드리운 그녀의 눈은 거기 뭐가 쓰였는지 알아볼 수도 없었지만.

"보다시피 일하고 있어……"

"걱정했잖아요. 무슨 일 있어요?"

그는 그녀의 머리를 어루만졌다.

"가서 더 자요. 아직 너무 이른 시각이야."

창문 너머로 바람이 조용히 윙윙댔다. 욕정을 부추기는 관능적인 걸음새로 방에서 나가는 그녀의 뒷모습을 그는 잠시 눈으로 좇았지만 곧 시선에 차가운 빛이 감돌았다.

이 종잇장들 어딘가에 번식력 혹은 수태에 대한 암시가 들어 있었지. 너무 늦기 전에 그곳에 가야 한다는 말도 쓰여 있었고…… 호메로스의 정자에 대한 언급도 들어 있었어!……

그는 미친듯이 종잇장들을 들척였다. 그러다 그 자리를 찾아냈다. '정자'가 아니라 '정수'라 쓰여 있긴 했어도, 바로 그거였다. 어차피 그 말이 그 말 아닌가?

그 순간 이 막연한 분노가 어디서 오는지 그는 이해했다. 불임이나 번식력에 대한 말을 들을 때마다 왠지 아내 얘기를 한다는 느낌을 받았었다. 그 말을 하는 자가 그의 아내를 탐내 정액을 그녀의 몸속에 쏟아붓고 싶어 안달한다는 상상까지 했다. 그녀가 아이를 낳으려면…… 너무 늦기 전에…… 폐경이 닥치기 전에…… 황혼기가……

저녁 파티에서 그들 중 한 명이 아내에게 나른한 추파의 눈빛을 보내지는 않았을까? 분명해, 그는 되뇌었다. 이젠 그들이 그녀와 자려고 세상 반대편에서 일부러 여기까지 온 거라 믿을 태세였다.

기이하게도 내면에서 이 질투의 감정은 기절할 만큼 그를 소진시키는 낯선 욕구와 뒤섞였다.

멀리서 프란체스코회 예배당 종소리가 처량하게 울려퍼지는 것이, 빗줄기를 뚫고 무슨 죄를 회개하며 고백하려는 것 같았다. 제프 수사가 간밤의 불면으로 눈이 부은 채 미사를 집전하는 모습이 상상되었고, 그가 어느 수녀와 미심쩍은 일을 벌이고 있을지도 모른다는 생각이 얼핏 머릿속을 스쳤다. 그게 아니라면 그 아일랜드인들의 낯 뜨거운 말들을 그렇게나 열심히 번역했을 리 없잖은가.

눈처럼 흰 데이지의 몸으로 그의 생각이 옮겨갔다. 사람들이 그를 부러워하는 게 눈에 보였다. 그녀를 소유하고 임신시키고픈 환상을 품는 게지……

평소에 느끼던 것과는 다른 동요가 머리끝에서 발끝까지 그를 엄습했다. 그는 자리에서 일어나 서재를 나와 발소리를 죽이며 침실로 들어갔다. 평화롭게 다시 잠든 데이지를 물끄러미 바라보았다. 그 모습에 그 어느 때보다 욕구가 동했지만 감히 그녀를 깨울 생각은 할 수 없었다.

데이지는 자고 있지 않았다. 문소리가 나자 곧 눈을 감고 호흡의 리듬을 늦추었다. 이렇게 온몸이 나른한 걸 보면 새벽이 밝아올 무렵 무슨 에로틱한 꿈을 꾼 것 같았다.

바깥에선 이제 우울한 하루가 시작되고 있었다. 예배당 종소리마저 처량하게만 느껴졌다.

그녀는 성호를 그으려 했지만 침대 속 온기에 몽롱해져 조금이라도 움직여보겠다는 마음이 싹 가셨다. 성호를 긋는 대신 손이 자신의 젖가슴에 이어 배 위로 천천히 미끄러져내리는데 눈물이 쏟아질 것만 같았다.

그곳에서 삼백 보 떨어진 곳에서는 윌리 노턴이 성호를 긋고 있었다. 아직 반쯤 잠든 상태였음에도 종소리가 들리자 곧 손이 저절로 이마로, 가슴으로, 양어깨로 향했다……

정말이지 지옥 같은 밤이었다. 새벽녘이 되어서야 밤새 머릿속을 쉴새없이 들쑤셔댄 불안에서 놓여날 수 있었다…… 희미한 새벽빛 속에 녹음기의 잿빛 금속 커버가 뚜렷이 보였다. '거기 있군, 친구.' 그는 조용한 기쁨을 느끼며 생각했다. 다가오는 하루가 선사하는 평화를 그렇게 음미했다. 벼룩들도 유순해진 듯 더이상 공격해오지 않았다.

이곳에선 종소리도 다르게 들리는군. 이런 생각을 하다가 그는 다시 잠이 들었다. 하지만 종소리는 그의 잠 속까지 따라와 드문드문 불길한 울림을 전해주었다. 이제껏 다른 어디서도 들어본 적 없는 울림이었다.

IV

글로브호텔 앞에서 호기심에 찬 작은 무리가 두 아일랜드인이, 아니, 그들의 짐이 나오기를 기다리고 있었다. 이와 관련해 검둥이 추테는 사람들이 짐을 싣는 동안 예기치 못한 딱한 일들을 목격하게 될 거라 단언한 바 있었다. 짐이 흔들리거나 떨어질지 모르고, 일을 맡은 호텔 직원들이 허리를 다칠지도 모른다고(추테는 당황한 호텔 매니저가 그에게 도움을 요청할 거라 헛되이 기대하기도 했었다). 그는 마차가 망가져 도로변 도랑에 처박힐 수도 있다는 암시까지 했다. 끔찍이도 무거운 그 빌어먹을 트렁크들은 차치하고라도, 이제 추테는 길을 가다 그의 머릿속을 엄습한 모종의 불안에 대해 이야기했다. 두 외국인의 짐 가방 탓에 생겨난 불안이 틀림없었다. 인간의 뇌가 그렇게 마비된다면 하물며 말들의 대가리 속에서는 무슨 일이 일어날지 상상해보라는 식이었다. 흥분한 말들이 마차며 마부며 승객 할 것 없이 모조리 나락으로 몰아넣을 수도 있다고.

마부 림도 이 말을 들었을 테지만 정해진 시각에 글로브호텔 앞에 나타나 짐꾼의 불길한 예언을 무시해버릴 수 있음을 증명해 보였다. 그가 부리는 가장 영리한 말과 인간의 지적 능력을 비교한 추테의 발언을 들었다면 아마도 그는 말들이 추테보다 지능이 높다고 대답했을 것이다. 어쨌거나 두 외국인이 호텔 문 앞에 나타난 순간, 이 모든 사태의 결말을 보고 싶어 여러 시간을 기다린 구경꾼들은 마부의 얼굴과 채찍의 떨림에서 불안을 읽지 않을 수 없었다.

굵은 빗방울이 후드득후드득 떨어지고 있었다. 그래도 두 여행객은 자신들의 짐 가방이 제대로 자리잡기 전에는 마차에 오르려 하지 않았다. 짐 가방을 나르는 동안 호텔 직원들과 도어맨은 물론, 거들겠다고 나선 호텔 매니저마저 여러 차례 비틀거렸고 심지어 넘어질 뻔했지만 그렇다고 목숨을 잃은 사람은 없었다(내, 하늘에 두고 맹세하는데요, 모두 차례로 고꾸라져 꼬치가 되어 병아리콩처럼 데굴데굴 구르게 될 겁니다, 라고 추테는 장담했었다). 그러다 추테도 다른 누구도 예상치 못한 일이 벌어졌다. 두 외국인 중 한 명이 걱정스러운 낯빛으로 하늘을 올려다보더니 다른 한 명에게 뭐라 소곤댔다. 그러고는 트렁크 하나를 나르던 호텔 직원에게 두 사람이 함께 무슨 조언을 하려나 싶었는데, 한 명이 잽싸게 자신의 우비를 벗어 트렁크를 덮었고, 다른 한 명은 고개를 끄덕여 찬동을 표했다.

"아, 저 트렁크가 비에 젖지 않게 하려는 게야. 저 안을 꽉 채운…… 꽉 채운……"

"꽉 채운, 뭐?" 어떤 목소리가 물었다.

하지만 아무 대답도 없었다.

"저 안에 뭐가 든 것 같아?" 목소리가 다시 물었다.

그러자 상대가 휘둥그레진 눈으로 그를 바라보며 말했다.

"그렇게 궁금하면 저들에게 물어보지 그래?"

묻던 이는 어깨를 으쓱했다.

그사이 마차가 움직이기 시작하자, 구경꾼들의 목이 마치 눈에 보이지 않는 줄로 거기 연결된 듯 일제히 그쪽으로 향했다.

십오 분 뒤, 마차는 소도시를 뒤로한 채 대로를 혼자 달렸다. 마차 승강구의 좁은 틈새로 두 여행객은 지평선이 유독 쓸쓸해 보이는 황량한 평원을 각자의 자리에서 바라보고 있었다.

윌리 노턴이 손바닥으로 눈을 비비며 물었다.

"평원에 안개가 낀 건가? 아니면 그저 느낌일까?"

"안개가 낀 거야." 맥스가 대답했다.

윌리는 안도의 한숨을 내쉬며 생각했다. '걱정을 마음속에서 몰아내야 해.' 도시를 떠나온 이후로 무슨 베일이 다시 눈을 뒤덮은 듯한 기분이었다. 그런데 그의 망막이 아닌, 평원을 뒤덮은 베일이었다니. 그는 다시 기분이 좋아져 휘파람을 불기 시작했다.

"멋지지 않아?" 잠시 뒤에 그가 말했다. "바로 오늘 우리의 모험이 정말로 시작되는 것만 같군."

맥스가 유쾌한 얼굴로 고개를 끄덕였다.

반쯤 사용되고 남은 젖은 건축더미 위로, 굵은 빗방울에 날개가 무거워진 듯한 검은 새들이 빙빙 돌고 있었다.

"여인숙이 여기서 멀수록 우리에겐 유리할 거야." 윌리가 생각을 말했다. "더 차분히 일에 몰두할 수 있을 테니까. 안 그러면 이곳 상류층 사람들과 어울리느라 어느 정도 시간을 낭비하게 될걸."

"그곳까지 우릴 따라와 귀찮게 할까봐 걱정이네."

"그럴까? 그럼 더 무뚝뚝하게 대해야겠군."

"말이야 쉽지." 맥스가 받아쳤다. "오히려 아주 상냥하게 굴어야 할 거야. 안 그러면 성가신 일이 벌어질지도 모르거든."

"우리가 하려는 일을 저들에게 좀더 자세히 설명해주면 가만 내버려두지 않을까?" 윌리가 말했다. "따지고 보면 자기들 나라에 이익이 되는 일이기도 하니까."

"저들이 제 나라 걱정을 많이 한다고 생각해?"

"글쎄, 자네 말이 맞을지도 모르지. 멀리서 보면 누구나 제 나라를 위해 혼신의 힘을 쏟는 것 같아도 가까이 다가가서 보면…… 결국 우리도 마찬가지일걸. 아, 건초더미들이 또 있군……"

"건초더미가 저렇게나 누더기 걸친 걸인처럼 보이기는 처음이야." 맥스가 말했다.

"모두 쓰고 남은 것들이라 그렇지 않을까? 이제 겨울도 끝나가고 있으니까…… 우리가 무슨 말을 하고 있었지?"

"이곳 상류층 사람들……"

"아, 그래! 그들과 어울리면 우리 일은 끝장이야. 그들이 무도회 얘길 하는 걸 들은 것도 같아……"

"정말이야?"

맥스가 큰 웃음을 터뜨렸다. 두 사람은 잠시 시골 무도회에 초대받는 광경을 상상하며 농담을 했고, 이어 맥스는 시장의 부인을 두고 친구를 놀려댔다.

"그 여자가 자네를 그윽한 눈으로 바라보는 것 같던데."

"그래?" 윌리가 배꼽을 잡고 웃으며 받아쳤다.

"물소-뼈, 물소-뼈." 삐걱대는 마차 바퀴의 리듬에 맞추어 윌리 노턴이 읊조렸다. 진짜 중세 여인숙 이름이었다. 여정이 길어질수록 브리지 게임과 무도회의 위험으로부터 벗어나는 느낌이었다. 마차를 요동치게 만드는 울퉁불퉁한 도로 역시, 지방 도시의 카드놀이꾼들로부터 그들을 지켜주는 보호장치인지 몰랐다.

여인숙은 도로변에 자리하고 있었다. 마차가 완전히 멎기도 전에 그들은 박석으로 덮인 지붕을 대번 알아보았다. 목재 난간이 달린 거무스레한 베란다 같은 것도 있었고, 바람이 불 때마다 경첩이 삐걱대는 문도 보였다.

나막신을 신은 주걱턱의 키 큰 청년이 붉고 축축한 손으로 다가왔다. 나막신소리 탓에 실제보다 걸음이 빨라 보였다.

"내가 이 여인숙 주인입니다." 그들을 맞은 남자가 말했다. "슈티에펜이라고 해요. 저쪽은 내 조수인 마르틴이고요." 그는 손가락으로 청년을 가리켰다. "이렇게 특별한 손님들을 내 집에 모시게 돼 기쁘군요."

그는 정말로 기뻐하는 눈치였다. 콧수염 끝이 무슨 알 수 없는 모욕을 당해 기분이 상한 사람처럼 아래로 처져 있긴 했지만.

"물소뼈 여인숙." 문짝 하나에 비스듬히 고정된 양철 간판을 윌리 노턴이 큰 소리로 읽었다. "아주 오래된 이름이군요, 그렇죠?"

"네, 그렇습니다." 여인숙 주인이 대답했다. "우리에게 대대로 전해져내려온 이름이죠. 한 천 년 전부터 있어온 이름이라던가."

머리 위의 검게 변한 들보들을 바라보던 맥스의 입에서 감탄의 휘파람이 새어나왔다.

그들은 삐걱거리는 나무 계단을 아슬아슬하게 밟고 올라갔다. 여인숙 주인이 두 개뿐인 이층 방 가운데 하나의 문을 열었다.

"이 방입니다. 이불은 깨끗해요. 원하면 벽난로에 불을 지필 수도 있고요. 밤엔 바람이 많이 불지만 덧창을 닫으면 전혀 못 느끼고 소리도 안 들린답니다. 두꺼운 떡갈나무 덧창인데, 총알에도 끄떡없죠. 밤엔 여기 놓인 등불을 사용하시고요." 여인숙 주인의 눈이 더 밝게 빛나는가 싶더니 곧 생각에 잠긴 듯 주름이 잡혔다. "이상한 일이긴 한데, 이 주 전에 내가 꿈을 꾸었어요. 평소의 고객들과는 아주 다른 두 손님을 받는 꿈이었죠. 둘 다 말을 타고 있었는데, 그 짐승들 목에 갈기 대신 꺼진 등불들이 달려 있지 뭡니까…… 길몽이면 좋겠군! 하고 혼자 생각했죠. 그런데 이틀 뒤 두 분이 오신다는 연락을 받았으니……"

두 외국인은 서로를 바라보았다.

"혹시 음유시인들이 주인어른 여인숙에 묵기도 합니까?" 윌리가 물었다.

"음유시인들요? 흠…… 물론 그렇긴 해요. 하지만……"

"하지만 뭐죠?"

주인은 몹시 애석하다는 의미로 양팔을 벌려 보였다.

"예전엔 더 자주 오곤 했습니다. 요즘은 점점 더 드물어져요."

"뭐라고요? 저희가 들은 말은 그게 아닌데요. 주인어른 여인숙은 그들이 지나다니는 길목에 위치한 듯싶은데요."

"맞아요. 그걸 아신다니, 기쁩니다. 정확히 집어내셨어요. 내 말이 생각을 앞서버렸군요. 그저 예전엔 라후타 연주자들이 더 많았다는 말을 하려던 참이었는데."

"물론이겠죠." 두 외국인이 한목소리로 대꾸했다.

"그래요…… 두 분이 음유시인들을 보시겠다고 하면," 여인숙 주인이 미소를 지으며 말을 이었다. "여기밖에 없다는 걸 아셔야 해요. '로베르 형제' 여인숙을 제외하고는 말이죠. 그곳에도 여전히 라후타 연주자들이 머물다 가곤 하지만, 여기서 아주 먼 곳이죠."

"그 얘긴 나중에 다시 하죠." 맥스가 말했다. "저희는 그저 그들을 만나봤으면 해요."

"기꺼이 도와드리겠습니다." 여인숙 주인은 이렇게 말하고 짐가방을 든 두 사람이 지나가도록 옆으로 비켜섰다.

밤늦은 시각, 시장은 자신의 서재에서 내무부 장관에게 보낼 보고서를 작성하고 있었다. 두 외국인이 '물소뼈 여인숙'에서 묵은 첫날에 대해 자신의 정보원 둘 바자야가 쓴 보고서에 그는 흘끔흘끔 눈길을 던지곤 했다.

요놈, 글을 참 잘도 쓴단 말이야, 시장은 생각했다. 한낱 정보원에 지나지 않는 놈이 〈알바니아의 노력〉지 기자들보다 글을 잘 쓰거든. 오래전부터 그는 둘 바자야의 문체를 부러워했다. "이 문제는 현 보고서 작성자가 관여할 바 아니라는 점과는 별도로" 같은 표현도 그렇고, 둘 바자야가 문장에 너무도 우아하게 끼워 넣는 '그럼에도 불구하고' 같은 말도 그랬다. 시장 자신도 이 말을 어디든—전혀 어울리지 않는 자리에마저—쑤셔넣으려 해보았지만, 문장을 다시 읽고 난 뒤엔 언제나 삭제하지 않을 수 없었다.

"'물소뼈 여인숙'에 도착하자마자 두 외국인은 여인숙 주인과 몇 마디 대화를 나누었고(이 문제는 현 보고서 작성자가 관여할 바 아니라는 점과는 별도로, 저로선 다음의 사실을 지적하지 않을 수 없습니다. 여인숙 주인의 발언 일부는, 요컨대 그가 새 투숙객인 두 외국인을 꿈에서 봤다고 말한 부분은, 현 보고서 작성자가 보기엔 무의미한 발언일 뿐 아니라 우리 왕국의 신민이 외국인과 나누는 대화로선 부적절한 것이었습니다), 그렇게 대화를 나눈 뒤 자신들의 방에 머물렀습니다."

보고서를 훑어보던 시장은 두 외국인이 가방을 연 것과 관련된 둘 바자야의 문장에서 눈길을 멈추었다. 특히 수수께끼 같은 트렁크들 속에서 나온 기구를 비롯해, 그들이 여러 종이 상자 안에서 조심스레 꺼내든 수백 장(수천 장이라고는 할 수 없어도)의 자료 카드를 언급한 부분에 시선이 갔다. 더 읽어내려가자 정보원의 다음과 같은 소견이 눈에 띄었다. "사실 이 모두를 숨기려고 그들이 특별히 조심하는 것 같진 않았습니다. 오히려 어떤 쪽지들과 카드들은 압정으로 벽 여기저기에 고정시켰는데, 그러느라 십오 분쯤 지나자 방 벽들은 물론 문 안쪽까지 종잇장들로 도배가 되다시피 했습니다."

시장은 그들이 녹음기를 트는 장면과 관련해 정보원이 자세히 묘사한 단락은 건너뛰었다. 정보원으로선 난생처음 듣는 소리였다. 그의 보고에 따르면, 그들은 거기에 자신들의 목소리를 녹음해두었는데, 정상적인 인간의 목소리와는 딴판이었다. 둘 바자야는 말을 이어갔다. 자신의 오랜 경험으로 미루어, 그건 그들의 목소리가 확실했다. 하지만 그들의 평소 억양과 비교하건대 그 소리는 양철판 너머로 들리는 목소리나 벽난로 연통 혹은 오래전에 회칠이 벗겨진 벽 너머로 들리는 소리처럼 변질되어 있었다.

귀신같은 놈! 시장은 생각했다. 정말 영악한 놈이야.

벽에 고정된 카드들에 대해 정보원이 재차 거론한 부분은 장관에게 보내는 보고서에도 특별히 언급될 가치가 있는 것이었다. 둘 바자야는 이렇게 적었다. "현 보고서 작성자는 천장 위 본인의 자리에서 맡은 임무를 수행한 결과, 다양한 표시가 있는 지도들을 여러 각도에서 보다 확연히 구별할 수 있었습니다."

시장은 그가 지도를 묘사한 부분을 여러 차례 다시 읽었다. 둘 바자야가 생각하기에 그 지도들은 그가 평생 단 한 번 가본 티라나공항의 기상 지도와 흡사했다. 시장님께서도 기억하시겠지만, 마리아 M 부인이 슈코트라 대성당의 오래된 성상 두 점과 S 주교의 비밀 서한들을 가지고 몰타섬으로 떠날 거라는 의심을 받던 당시에 감시 임무를 떠맡았던 자신이 보았던 그것과 말이다.

놈은 정말이지 모르는 게 없군. 시장은 감탄에 가까운 심정으로 생각했다. 무엇 하나 놓치는 법이 없다니까. 단 한 번 보는 것만으로도—듣는 건 말할 것도 없고—일은 끝난 거야. 백 년, 아니, 이백 년을 산대도 둘 바자야는 기억 속에 모든 걸 담아두고 있을 거라고. 국립도서관이나 고문서 보관소보다도, 대영박물관이나, 또 뭐가 있지, 유사한 그 무엇보다 훨씬 더 쓸모 있는 놈이야.

둘 바자야의 꼼꼼한 묘사에 따르면, 지도마다 수많은 화살표를 비롯해 원과 곡선과 직선이 표시된 것이 마치 강수나 바람이 표시된 기상 지도처럼 보였다. 그 안엔 위아래로 문자나 숫자, 혹은 그 둘이 동시에 A, CRB, A4, 라는 식으로 적혀 있었다. 어떤 지도에는 실선으로 도로를 그려두었으며 군데군데 부락이 표시된 것도 눈에 띄었다. 유고슬라비아와의 국경이 표시된 지도도 두 장 있었다.

흠! 그냥 넘어갈 문제가 아니군, 시장은 혼자 생각했다. 놈들은 위장할 생각조차 하지 않는 거야. 우릴 계속 바보 취급 하는 것이든지, 아니면…… 아니면 이 모든 것의 배후에 더 중대한 뭐가 있는 거라고.

더 밑으로 읽어내려가자, 둘 바자야는 훨씬 흥미로운 지적을 하고 있었다. 그의 말에 따르면, 어떤 지도에는 "서사 지대 A"나 그저 "서사 지대" 혹은 "진정한 서사 지대"라는 표기로 여러 지대를 구분한 커다란 원들이 그려져 있었다. "서사 영향권 지대" 혹은 "준準서사 지대"라는 말도 있었다.

모든 게 정말이지 놀랄 만큼 명확했다. 시장은 보고서의 이 부분을 한 마디 한 마디 모두 베끼고 싶었지만 주저하다 그만두었다. 단순히 자기애 탓은 아니었다. 막강한 힘을 지닌 N시 시장이 일개 정보원의 보고를 자기 글인 양 사용했다는 걸 아무도 모른다 해도 더 결정적인 무언가가 있었다. 즉 뭔가 큰 실수를 범하는 건 아닐까 하는 두려움이었다. 일부러 사람들의 눈길을 끌려는 듯 모든 게 여봐란듯이 노출되어 있었으니까. 의심을 무마하려는 술책이 아닐까?

흠…… 그는 또다시 한숨을 내쉬었다. 손에 펜을 든 채 망설이며 꼼짝도 하지 않았다. 향후 사건이 어떤 식으로 진행되든 두 외국인을 너무 순진하게 믿었다는 비난도, 지나친 속단으로 의심했다는 비난도 피하는 방식으로 장관에게 올리는 보고서를 작성해야 할 터였다.

그는 다시 휘갈겨나갔다. 미완의 글에 과하게 가필을 하다보니 또 한번 가슴이 답답해졌다. 그는 둘 바자야를 향한 질투심에 사로잡혔다. 생각할수록 스스로에게 화가 났다. 자신이 쓰는 글 속에 '그럼에도 불구하고'라는 말을 끼워넣으려고 세 차례나 시도했지만 아무리 애를 써도 성에 차지 않았다. 다른 말들 사이에서 이 말은 이물질처럼 조화를 이루지 못한 채 우스꽝스럽게 도드라져 보였으니까. 결국 그는 울화가 치밀어 세 차례나 채찍질을 가하듯 펜으로 줄을 그어 말을 지워버렸다. 아, 하찮은 정보원 놈이 나보다 글을 잘 쓰다니! 이렇게 그는 혼자 이를 갈았다. 그러고는 스스로를 위로하듯 중얼댔다. 어쨌든 꽃은 똥더미에서 더 아름답게 피어난다고들 하잖아?

엄청난 노력을 기울인 뒤 그는 마침내 장관에게 보고하는 한 단락을 완성할 수 있었다. 지도라든지 거기 표시된 화살표들로 미루어 보건대, 두 외국인은 알바니아 북부 지역 음유시인들의 이동에 관심을 표명하면서 실은 첩보활동을 벌이는 게 아닌지 의심할 여지가 충분하다는 내용이었다. 두 사람이 음유시인들을 매개로 정보나 암호로 된 메시지를 주고받으며 자신들의 목적에 그들을 이용하는지는 미지수라는 점도 덧붙였다. 지금으로선 장관님의 지시대로 두 외국인을 시시각각 감시하도록 해두었지만(여기서 그는 또 한번 문제를 지적하는 데 대해 장관님께 용서를 구했다), 그건 그저 귀머거리의 감시에 불과하다는 점도 분명히 했다.

그는 이 마지막 문장을 정보원의 글과 비교해보았다. 그러자 그런 문장이 그처럼 술술 흘러나온 데 대한 한순간의 만족감이 일시에 사라져버렸다. 정보원의 글에 나오는 "시장님"이 "장관님"으로 바뀌어 있을 뿐, 정보원의 글을 그대로 베낀 거나 다름없었으니까. 자신도 모르게 둘 바자야의 문체에 매여 있었던 것이다. 망할 놈의 보고서 같으니! 그는 갑자기 맥이 풀려 한숨을 내뱉었다. 이어 다른 문제로 주의를 돌렸다. 장관에게 영어를 아는 정보원을 보내달라고 요청할까? 아니면 그런 문제로 장관의 신경을 자극하지 않는 편이 나을까? 이 주 전 이 문제를 편지에 썼다가 장관의 비서실로부터 퉁명스러운 답변을 받은 게 사실이다. 수도에 영어를 아는 정보원은 단 두 명인데, 그중 한 명은 이제 막 영국 공사관을 감시하기 시작했고, 다른 한 명은 중이염을 앓고 있어 당장은 일을 할 수 없다는 답변이었다. 사정이 그러니 시장님께서도 양해해주시기를 바란다고. 두 외국인에 대한 감시가 중요한 일이긴 해도, 현재 수도에서 직무중인 영어를 아는 유일한 정보원을 시장님께 파견할 수는 없다고. 이 왕국의 다른 지역에서 그런 정보원을 찾아보기야 하겠지만 그게 쉬운 일이 아님을 시장님께 미리 말씀드리지 않을 수 없다고. 사실 외국어를 아는 첩자들이 많지도 않을뿐더러, 최근에 정보원들에게 건강검진을 받게 한 결과, 본인들은 침묵할지언정 일부 요원들의 청각이 약화되어 있음이 드러나 그들의 문제가 복잡해졌다고.

시장은 둘 바자야더러 영어를 좀 배우라고 부추겨 미리 대비하지 않았음을 후회했다. 평소에 발휘하는 수완으로 미루어 둘 바자야는 그 일 역시 어렵잖게 해냈을 터. 슈코드라의 주교가 그 지역 본당신부들과 나눈 대화를 그가 염탐해야 했을 땐 순식간에 라틴어도 조금 익히지 않았던가. 내친김에 왕의 마구간에서 도난당한 말을 찾는 걸 도왔을 땐 집시들의 용어까지 배워 유창하게 사용한 그였다.

그건 그렇고! 그는 자위의 한숨을 내쉬었다. 외국인이 어느 나라에서 올지 어떻게 안담? 영국인이 올 거라 예상하고 준비했는데 어느 날 갑자기 터키인 혹은 일본인—또 뭐가 있지?—이 나타난다면 정말이지 복장 터지는 일 아닌가!

그의 눈길이 다시 둘 바자야의 보고서로 쏠렸다. 결론 부분이야말로 예술이어서, 장관에게 올리는 자신의 보고서에 고스란히 옮겨놓을 수 없는 게 아쉬울 따름이었다. 한데 자신은 또 영어 타령이니 환장할 노릇이었다! 그렇다손 쳐도 어떻게든 해봐야지…… 이 언어를 아는 정보원이 필요하다는 걸 공공연히 언급하진 않더라도, 귀머거리 감시가(요컨대 순전히 시각에만 의존하는 염탐이) 그리 녹록한 일이 아님을 밝히며 보고를 마칠 순 있지 않을까? 그렇다면 지금이야말로 정보원의 임무 수행에 있어 시각과 청각 간의 관계에 대한 둘 바자야의 철학적 반성을 통째로 베껴쓸 절호의 기회였다.

펜을 다시 잡기 전에 시장은 둘 바자야의 글을 한 번 더 읽기 시작했다. 진정한 걸작이야! 글을 읽다가 절로 탄성이 나왔다. 셰익스피어군, 단테야! "사실 시장님도 아시다시피 염탐은 무엇보다도 청각 기술입니다"라고 둘 바자야는 썼다. "이 일에서 시각은 쓸모없다고는 할 수 없어도 보조적인 역할에 그칩니다. 그래서 그런지 위대한 첩자들은 보통 시력이 안 좋습니다. 전혀 앞을 못 보는 경우는 말할 것도 없고요……"

망할 놈! 시장은 이를 갈았다. 놈은 악마의 화신인 게 분명해. 그러면서 그는 다시 둘 바자야의 글을 베껴쓰기 시작했다.

V

여기가 어디지? 그는 자신에게 물었다. 어쩌다 여기 있게 된 거지? 털뭉치가 그의 턱을, 콧구멍을 간질였다. 기겁해서 눈을 번쩍 뜬 그는 어릴 적 보았던 늑대나 곰의 불그레한 긴 털이 얼굴을 쓸고 지나가는 걸 보고 소리를 지를 뻔했다. 하지만 곧 정신을 차리고는 밤사이 얼굴 위로 끌어올린 이불을 밀어냈다.

날이 밝아오고 있었다. 덧창이 반쯤 열린 좁은 창문으로 희끄무레한 아침햇살이 스며들었다. 창유리에 김이 서려 새벽 광채가 한층 뿌예 보였다. 맥스의 침대 쪽으로 돌아누운 윌리는 친구가 편히 잠들어 있음을 확인했다.

물소뼈…… 윌리는 생각했다. 이 잿빛 겨울 아침, 그들은 이 전설적인 여인숙에 와 머물며 평상시 발칸반도 사람들이 사용하는 긴 털 달린 두꺼운 이불을 덮고 있었다. 모험이 정말로 시작된 것이다. 이젠 그만두고 싶어도 그만둘 수 없었다. 후우우! 정말 춥구나! 추위에 정신이 번쩍 들면서 희열이 느껴졌다. 천천히 소리 나지 않게 그는 자리에서 일어나 삐걱대고 바스락대는 들보 위를 살금살금 걸어 창가로 다가갔다. 무슨 재난이 한복판을 휩쓸고 간 듯 잔뜩 흐린 하늘에서 한참 동안 시선을 돌릴 수 없었다.

아래층에서 커피 볶는 냄새가 올라왔다. 일어나야 할 시간이 맞는군. 그는 일층으로 내려가며 생각했다.

"안녕하세요?" 여인숙 주인이 불쑥 나타나 인사했다. "편히 주무셨나요?"

"안녕하세요…… 아주 잘 잤습니다, 덕분에."

바깥으로 나오다가 윌리는 오른편으로 나 있는 문 안쪽 방바닥에 빽빽이 들어찬 침대 틀들을 보았다. 대부분 비어 있었지만 두세 개는 두꺼운 이불 밑에 누군가가 누워 있음을 짐작게 했다.

"객실입니다." 여인숙 주인이 설명했다. "여기 여인숙들은 다 이렇죠. 커다란 공용 객실이 하나 있고, 두 분처럼 특별한 손님을 모시는 방이 따로 한두 개 더 있어요. 아시다시피 이곳 사람들은 가난하니까요."

"그런 것 같군요."

몇 분이 지나 그는 고원을 가로지르며 이어지는 도로를 혼자 걷고 있었다. 길가의 덤불들은 서리로 뒤덮여 있었다. 조금 더 가자 여인숙 소유지 경계 표시인 듯싶은 울타리들이 그의 고독을 방해하지 않으려는 듯 등뒤로 지나갔다. 정말 고요하군! 그가 중얼댔다. 사실은 그 이상이었다. 평범한 고요함이 아니었다. 서리가 사각대는 소리에 정적이 한층 사무치게 와닿았다. 들릴 듯 말 듯 한 이 바스락거림이 그의 발걸음으로 야기된 소리만은 아닌 듯싶었다. 눈에 띄지 않는 무슨 술렁임이 느껴졌다. 꿈속 인물들이 뭔가 알 수 없는 이유로 떠들썩한 향연을 벌이려고 이 고원을 선택한 건 아닐까.

윌리는 불현듯 머릿속이 상쾌해지면서 야릇한 열정이 솟구치는 기분이었다. 이 아침 시간, 문득 불가능은 없어 보였다. 우주의 중대한 문제들에 자신이 관여할 수 있을 듯했다. 하루의 길이를 조절할 수도, 계절의 흐름을 바꾸어놓을 수도, 지구의 회전 속도를 조정할 수도 있을 것 같았다. 호메로스의 시와 관련해서도 그는 그 신비를 파헤칠 테고, 그건 어려운 일이 아니었다.

그런 생각을 하며 얼마나 걸었는지 더는 알 수 없었다. 뒤돌아보니 멀찌감치 여인숙 건물이 보였다. 맥스도 이제 깨어 있겠군, 그는 생각했다.

윌리가 여인숙으로 돌아왔을 때는 맥스도 벌써 내려와 여인숙 주인과 커피를 마시고 있었다.

아침을 먹은 뒤 두 사람은 함께 밖으로 나가 조금 전 윌리가 걸었던 방향으로 걷기 시작했다. 길엔 아까와 다름없는 정적이 깃들어 있었다. 그러나 윌리는 처음 밖으로 나왔을 때 자신을 사로잡았던 열광이 이미 사그라졌음을 확인했다. 지평선은 안개에 잠겨 있었다. 간혹 다른 세상에서 출현한 듯한 검은 새 몇 마리가 지표를 스칠 듯 날다가 환영처럼 사라져버렸다. 완전히 확신할 순 없었지만 두 사람은 안개 속에서 두세 차례 '저주받은 산정'을 본 듯한 기분이 들었다.

뉴욕에 있을 때나 여행을 하던 중에도 그 얘기를 너무 많이 한 터라 그들은 이제 그걸 두 눈으로 직접 보고 싶어 안달이 났다. 애초에 계획을 세울 땐, 본격적인 연구를 시작하기에 앞서 우선 이 산들을 두루 다녀볼 작정이었다. 하지만 이곳 겨울은 몹시 혹독하며, 고개를 넘기란 불가능하고, 삶의 조건이 그지없이 척박하다는 사실을 알고는 마음을 바꿨다. 그들이 만나거나 연락이 닿았던, 알바니아 북부 지대를 어느 정도 아는 여행자들은 입을 모아 충고해주었다. 산행을 하며 통과하게 될 여느 부락들보다 '물소뼈 여인숙'이 위치한 곳처럼 여러 도로가 교차하는 지점에서 음유시인을 만날 가능성이 더 많다고.

바로 전날, 여인숙 주인은 라후타 연주자들이 적어도 한 달에 두 번은 자기 여인숙에서 묵고 간다고 단언했다. 예전엔 달랐죠, 그는 한숨까지 쉬었다. 거의 매일 저녁 그들이 여기서 묵고 갔으니까요. 그 시절은 이제 지나가버린 듯했다. 그렇다고 걱정할 필요는 없었다. 반드시 그들을 만나게 될 테니까.

끝까지 비밀을 지키기로 애초에 결심했음에도 두 사람은 여인숙 주인에게 사실대로 털어놓지 않을 수 없음을 깨달았다. 그들은 지체 없이, 최대한 명확하게, 그에게 모든 걸 설명하려고 애썼다.

"무슨 말씀인지 알겠습니다." 슈티에펜이 커피를 다시 청할 때처럼 고개를 끄덕이며 말했다. "확실히 이해했어요. 우리 여인숙이 마치 두 분의 작업을 돕기 위해 만들어진 게 아닌가 싶군요. 특히 한 음유시인의 노래를 두 번 듣는다는 대목이 그렇네요. 이곳에서 밤을 보낸 음유시인은 결혼식이나 장례식에 참석한 뒤—아니면 살인을 저지르고—일주일 혹은 길어야 이 주 뒤면 다시 이곳에 오거든요. 북쪽 고원지대로 가려면 이 길밖에 없으니까요. 날개가 있어 날아가는 게 아니라면…… 하지만 겨울엔 새들도 그 '저주받은 산정' 위를 날 수 없죠."

여인숙 주인은 한 가지 사실에만 우려를 표했다. 음유시인들이 과연 녹음기 앞에서 노래를 부르려고 할는지. 무슨 의식이 있거나 다수의 청중 앞이 아니면 라후타 연주자들은 절대 노래를 부르지 않는다는 점을 여인숙 주인은 두 손님에게 주지시켰다. 그렇긴 해도 걱정할 필요는 없다는 말도 덧붙였다. 그의 여인숙은 겨울 저녁나절이면 정말이지 흥겨운 잔치 분위기가 되곤 한다고. 두 사람이 실망하지 않도록 주인인 자신도 최선을 다할 터였다. 공용 객실에 있는 큰 벽난로에 불을 지피고, 음유시인에게 라키*를 대접할 것이라고. 녹음기에 대해선 어떻게 머리를 짜내보자고. 그게 뭔지 라후타 연주자들에게 그들이 직접 설명해줄 수도 있겠고, 아니면 무슨 손쉬운 전략을 강구할 수도 있지 않겠냐고. 그걸 양가죽으로 싼다든지 해서. 그래요, 모든 게 잘될 겁니다.

그들은 고원을 가로질러 걸으며 이 모든 확신에 찬 말들을 다시 떠올렸다. 자신들의 작업을 위해 이보다 나은 조력자를 만날 수는 없을 듯했다. 슈티에펜은 음유시인들의 노래에 열정적으로 귀기울이는 사람인데다 그들의 습관이나 기벽, 이동경로까지 훤히 꿰뚫고 있었다. 그들에 관한 한 모르는 게 없었고, 열과 성을 다해 그들 이야기를 늘어놓았다. 계절에 따라 달라지는 그들의 방문 주기를 언급할 때면 마치 철새들의 이동을 이야기하는 것 같았다. 그의 입에서 나오는 몹시도 섬세한 어휘와 애무하는 듯

* 발칸반도의 국가들에서 주로 마시는 식전주.

한 무수한 접미어들은 듣는 이의 심금을 건드려 한숨을 자아냈다. 이 여인숙 주인을 만난 건 엄청난 행운이었다.

두 사람은 이야기를 나누면서도 이따금 고개를 들고 먼 곳을 바라보았다. 지평선에 산 정상이 모습을 드러내기를 기대하는 듯했지만, 광막한 평원은 끝이 보이지 않는 안개에 덮여 있었다. 그렇긴 해도 넓은 고원지대가 저기, 멀지 않은 곳에서 시작됨을 짐작할 수 있었다. 그 광활한 서사 지대에 매혹되어 그들은 대양을 건너온 터였다. 그들이 풀려고 하는 호메로스의 수수께끼 역시 똑같은 안개에 뒤덮여 있을 터. 한 시간 전의 느낌과는 반대로, 윌리는 이제 자신들의 시도가 성공하리라 믿을 수 없었다. 보잘것없고 무기력한 그들은 어쩌면 이 유령의 왕국 변방에서 방황하는 유령이 아닐까. 왕국 안으로 진입하는 건 영원히 불가능하지 않을까. 그는 한숨이 새어나오는 걸 막을 길이 없었다.

"저기를 봐." 맥스가 불쑥 외쳤다. "사람들이야. 아니면 내가 환영을 보는 건가?"

"나한테 묻는 거야?" 윌리가 답했다. "저건 당연히……"

맥스는 더 자세히 보려고 손차양을 했다.

"사람들이군." 그가 확인했다. "무슨 특별한 일도 아닌데 왜 이렇게 묘한 느낌이 든 걸까?"

이렇게나 짙은 안개 속에서 뭐가 나타나리라고는 전혀 예상하지 못한 거라고 윌리는 생각했다. 그사이 두 현실 간의 경계를 넘은 작은 점들이 점점 다가오고 있었다. 두 사람은 혼란한 감정의 이유를 문득 이해하게 되었다. 이런 산중에서 사람들을 만나리라 믿지 않았고, 옛날처럼 노래로 불린 서사시를 찾아낼 수 있으리라곤 더더욱 믿지 않았다는 것. 그것들이 여전히 존재한다손 쳐도 반쯤 얼어붙어 숨을 거두기 직전일 테고, 매 겨울이 마지막 겨울이 될 가능성이 높았다. 그러니 서둘러야 했다. 너무 늦기 전에 서둘러 그 마지막 숨결에서라도 수수께끼의 열쇠를 낚아채야 했다.

고되고 힘에 부쳤던 순간, 두 사람은 상대의 사기를 꺾지 않으려고 마음속에 숨은 의심을 감추곤 했었다. 몰래 동맹이라도 맺은 듯한 장애물들이 그들로 하여금 알바니아 여행을 시도하지 못하도록 훼방을 놓았던 것이다. 하지만 그들은 이런 좌절의 과정을 극복했고, 이제 그들의 인내에 보답하기라도 하려는 듯 산이 그들을 향해 다가오는 이 생명체들을 선사하고 있었다. 사람들이 바싹 가까이 올 때까지 두 사람은 한마디도 하지 않았다. 진짜 서사 지대의 사람들을 만나기는 처음이었다. 옛 서사시에서 읽었던 것과 똑같은 옷차림들을 하고 있었다. 두 사람은 놀라 소리를 지를 뻔했다. 천 년의 세월을 건너오면서도 어쩌면 저렇게 변하지 않았다지? 검은 외투는 잘리거나 퇴화한 날개 같은 장식으로 어깨가 보강되어 있었는데, 그걸 보자 전율이 일었다. 그들을 마주하자 인간과 신의 경계 지대에, 말하자면 그 둘의 분기점 혹은 접점에 들어선 느낌이었다. 서사시에 등장하는 인물들. 그들을 지칭하는 옛 알바니아 어휘도 있었으니, '신-인간'을 뜻하는 '히얀제리'가 그것이었다. 고대 그리스어를 제외하고는 다른 어느 나라 말에서도 찾아볼 수 없는 의미의 단어였다. 꽉 끼는 우윳빛 긴 바지 위로 검은 외투가 늘어져 있었다. 다리 측면을 가로지르는 파선의 검은 장식 줄은 고압 전류를 조심하라는 표시 같았다. 그 어떤 옷차림과도 닮지 않은 기이한 옷차림은 극중 악을 상징하는 무용수의 의상과 중세 수도사의 수도복을 합쳐놓은 듯했다. 일리리아인의 의복 같기도, 발칸반도 국가 사람들의 상복 같기도 한 옷. 그런가 하면 켈트족 산사람들이나 지도엔 나오지 않는 얼어붙은 고지대 주민들의 의복을 연상시키기도 했다.

"나무꾼들이야." 맥스가 산사람들이 등에 진 쇠도끼를 알아보고 나지막이 속삭였다.

나무꾼들이 분명했다. 그들은 알바니아인들이 칼이나 창을 절대 무기로 사용하지 않음을 알기에 더더욱 확신했다. 알바니아 관습법에 따르면 총에 의한 살인만 허용되었다. 그래, 분명 나무꾼들이야, 윌리 노턴은 혼자 되뇌었다. 그렇긴 해도 그 도끼들의 날에 먼 옛날 저질러진 범죄의 희미한 혈흔이 남아 있을 것만 같았다.

산사람들이 가까이 다가왔다. 그들의 자태에서 고대 화병에 그려진 그림들의 분위기가 전해져왔다. 도처에 널린 위협의 중압감이랄지, 돌연 숨통을 조여오는 비극적인 운명의 매듭이 느껴졌다. 치명적인 일격이 되었을 행위를 미루었거나 아니면 그 무엇도 막을 수 없었던 다른 행위를 쓸데없이 재촉한 데 대한 회한 역시. 카눈의 규정들이 빚어놓은, 평범한 거동과는 다소 차이가 나는 그들의 태도에선 그런 요소들이 감지되었다.

"안녕하시오?" 첫번째 산사람이 인사를 건네왔다. 두 사람은 깜짝 놀라 할 말을 잊은 채 서 있었다. 윌리는 영어의 '모닝'과 알바니아어 인사 '미레디타'가 뒤섞인 몇 음절을 중얼댔다. 맥스는 그들에게 손짓을 하는 데 그쳤다.

얼마 지나지 않아 두 사람은 발길을 돌렸는데, 꽤 멀리까지 걸어와 여인숙이 더이상 보이지 않는다는 걸 깨달았다. 돌아오는 길에 두 사람은 곧바로 작업에 임하기로 약속했다. 내일 당장, 아니면 음유시인이 온다면 오늘 저녁이라도 당장.

여인숙은 평화로웠다. 그들은 자기들 방으로 올라가 트렁크들을 열고 다른 자료 카드들과 지도들을 꺼냈다. 이제 그것들을 붙일 데라고는 벽난로 위 빈 공간과 두 창문 사이의 더 좁은 공간밖에 없었다.

"이곳에 쥐들이 있을까?" 맥스가 천장을 올려다보며 불쑥 말했다.

발칸반도의 지도를 펼치던 윌리가 고개를 들었다.

"없을걸."

그렇게 말하고 그는 지도를 계속 살펴보았다. 산맥을 의미하는 표시들은 도살장 바닥 여기저기 흩어져 있는 말의 늑골과도 흡사했다. 그 위에는 북알바니아, 고원, 코소보, 옛 세르비아 등등의 지명이 적혀 있었다.

천 년도 넘게 알바니아인들과 슬라브인들은 이곳에서 쉴새없이 대치해온 터였다. 땅이든 경계선이든 방목장이든 물이 있는 곳이든 그 어떤 것을 두고도 사사건건 부딪쳤고, 심지어 무지개를 두고 분쟁을 일으킨다 해도 놀랄 일이 아니었다. 그들은 알바니아어와 세르비아-크로아티아어, 두 언어로 존재하는 고대 서사시를 두고도 싸웠다. 자기 민족이 서사시의 창조자이니, 상대가 그걸 훔쳤거나 아무리 좋게 봐줘도 자기네 걸 모방한 데 불과하다고 고집스레 우기면서.

"호메로스 문제를 다루면서 우리 역시 좋든 싫든 이 분쟁에 말려드는 거라는 생각 해봤어?" 윌리가 지도에서 눈을 떼지 않은 채 말했다.

"그럴까?"

"거의 불가피한 일이지."

"알바니아 서사시가 호메로스의 시에 기원을 둔다는 건—우리가 증명하려는 것도 그것이지만—이 반도에 알바니아인들이 오래전부터 존재해왔다는 사실을 말해주거든. 이 점이야말로 세르비아인들의 질투심을 유발한단 말씀이야."

"흠, 질투라……" 맥스가 중얼거렸다.

최근에 뉴욕에서 그는 아내와 한심하기 짝이 없는 다툼을 벌인 터였다. 가버려요. 여잘 데리고 가고 싶은 데로 가버리라고! 둘 다 꺼져버려! 난봉꾼 윌리 노턴이랑 사라져버리라고! 호메로스 연구니 뭐니, 말도 안 되는 헛소리를 들먹이며 날 속이려 들지 말고!

"내 말 듣고 있어?" 윌리가 물었다.

"그래, 물론이야…… 질투에 대한 얘기였지……"

"맞아, 세르비아인들은 알바니아인들이 자기들보다 먼저 이곳에 와 있었다는 사실을 인정할 수 없는 거지. 한데 이런 맹목적인 애국심이 발칸국 사람들의 경우엔 불길하고도 우스꽝스러운 양상을 띠게 된다는 말을 하지 않을 수 없군. 코소보와 관련 해석, 구체적인 정치문제로 귀결될 수 있고 말이야."

윌리는 여전히 지도 앞에 남아 있었지만 눈빛에 동요가 깃들었다.

"천 년의 전쟁이라." 그가 생각에 잠겨 말했다. "긴 세월이군, 안 그래?"

"너무 길지. 하지만 바로 그 전쟁에서 그들의 서사시가 탄생한 거야." 맥스가 트렁크들이 있는 쪽으로 고개를 돌리며 말했다. "피로 흥건한 서사시."

그들은 잿빛 금속이 발하는 차가운 광채에 눈을 고정한 채 잠시 그렇게 남아 있었다. 저 광막한 고원에 흩어져 있는 서사시들을 모두 이 트렁크들 안에 모아들일 임무를 스스로에게 부여한 터였다.

"독일인들은 이 분쟁을 인종 전쟁으로 규정했지." 맥스가 말했다.

"자기들이 판단하기에 누가 더 우월한 민족인지도 명확히 했고 말이야. 알바니아인이라고."

"둘 사이에 잔인한 대결이 벌어졌음을 부인할 수 없어." 윌리도 거들었다. "하지만 인종의 개념이나 특히 우열을 들먹이는 소릴 들으면 나는 화가 나서 돌아버릴 것 같거든! 나치즘의 낌새를 맡게 되니까."

"그래도 요즘은 이런 유의 설명이 꽤 유행이거든."

긴 침묵이 이어졌다.

"문제는 상대가 그들의 서사시마저 차지하려 했다는 거야." 윌리가 지도에서 돌아서며 입을 열었다.

"당연한 일이겠지." 맥스가 말했다. "일단 집을 차지하면 그 안의 더 값진 것들까지 몽땅 차지하려 덤빌 테니까."

"정말이야, 이들 서사시에선 피가 뚝뚝 떨어져!" 윌리가 트렁크들을 주시하며 한숨을 터뜨렸다. 마치 그 안에 갇혀 있던 서사시가 용기에 가득찬 물처럼 시시각각 넘쳐흐를 태세라는 듯이.

"으슬으슬 춥군." 맥스가 양손을 비비며 말했다.

그는 자료 카드들을 내려놓고 두꺼운 담요로 몸을 감쌌다. 잠시 뒤 윌리도 따라 했다. 둘은 그렇게 떨면서 점점 먹먹한 무감각 상태에 드는 걸 느꼈다.

윌리는 머리를 베개로 받치고 발칸반도에 슬라브족이 처음 침입했을 때의 광경을 상상해보려 했다. 동쪽과 북동쪽에서 파도처럼 밀려드는 그들의 여세에 밀려 오래전부터 반도에 정착해 있던 민족들이 점점 후퇴하는 과정이 서사시에서도 때때로 암시되곤 했다. 슬라브족의 물결은 멈출 줄 몰랐고, 로마인들의 침입과는 달리 무기도 깃발도 협약도 없는 정복이 이루어졌다. 어렴풋한 고함소리의 리듬에 맞추어 끝없이 무리 지어 걷는 여자들과 아이들. 무슨 명령도 없는데다 지나간 자리에 기념비를 세우지도 않는, 침략이라기보다는 자연재해라 할 만한 광경. 발칸반도의 사람들, 특히 옛 알바니아인들로선 기겁하지 않을 수 없는 충격적인 광경이었다. 이제 그들 눈앞엔 슬라브인들이 대양처럼 펼쳐져 있었다. 끝없이 펼쳐진 익명의 잿빛 유라시아인들. 세상에서 가장 화려한 예술을 꽃피웠던 땅의 온갖 보물이 말끔히 쓸려나갈 수도 있었다. 그러다 드디어 올 것이 오고야 말았다. 수세기 전부터 이 땅에 살았던 사람들이 무기를 들고 그 대양의 가장자리를 피로 물들인 것이다. 밀려들던 파도는 그렇게, 코소보의 경계 지대에서 저지당했다.

누가 방문을 두드렸다.

"들어오세요!" 맥스가 말했다.

슈티에펜이 땔나무를 한아름 안고 서 있었다.

"불을 피워드릴까요?" 그가 물었다. "날씨가 엄청 추워지는데요."

"아, 고마워요! 우린 세르비아와 알바니아 간의 반목에 대한 얘기를 나누고 있었어요. 정말 사람들이 말하는 대론가요?"

"아마도 훨씬 더할걸요." 슈티에펜이 아궁이에 장작을 넣으며 대답했다. "어느 알바니아 시인이 뭐라 썼는지 아세요? '우린 서로에 대한 원한 속에 태어났느니……'"

"시인이 그렇게 썼다고요?"

"네, 그렇죠."

“우린 서로에 대한 원한 속에 태어났느니.” 윌리가 되뇌었다. “이번에도 원한, 아니면 분노로군. 『일리아드』의 맨 첫 장면처럼……”

그들은 워싱턴에 주재하는 알바니아 공사를 언뜻 떠올렸다.

“이곳에 쥐가 있나요?” 맥스가 뜨악한 목소리로 물었다. “벌써 두번째로 이런 느낌이 들어서요……”

“특별히 두 분을 위해 여인숙을 소독했는데요.”

장작에 금세 불이 붙었다. 슈티에펜이 방을 나가자 두 사람은 대화를 다시 이어갔다. 때론 방안을 성큼성큼 걸어다니고, 때론 벽난로 앞에서 손에 불을 쬐면서.

그들은 오후 내내 자료 카드를 정리하느라 바빴다. 바깥은 눈에 띄게 날이 저물어가고 있었으며 이제 둘 사이의 대화도 뜸해졌다. 이 겨울 오후 끝 무렵, 귀머거리가 돼버린 여인숙에서 두 사람은 완전히 고립된 느낌이었다. 앞으로 남은 날들이 모두 이렇게 흘러갈 것인가?

마비 상태를 떨쳐낸 맥스가 먼저 석유램프에 불을 붙일 생각을 했다. 세상을 데스마스크처럼 뒤덮은 칙칙한 어둠을 불빛이 방에서 몰아냈다.

VI

나흘 뒤, 첫 음유시인이 여인숙으로 내려왔다. 비가 내리고 있었다. 폭우에 찢긴 바람이 성가시게 덧문을 두드려댔다. 슈티에펜이 방문 앞에 나타난 순간, 그들은 그의 표정을 읽고 간절한 소원이 이제 이루어졌음을 짐작했다.

"아래층에 와 있어요." 여인숙 주인은 그들에게 무슨 비밀 이야기라도 털어놓듯 속삭였다.

음유시인은 개인적인 볼일로 다른 지역으로 가던 길이었으며 이 주 뒤에 같은 길로 되돌아올 예정이었다. 그 시인이 그들의 뜻을 제대로 이해했다면, 그들에겐 한 음유시인의 노래를 두 번에 걸쳐 녹음할 수 있는 절호의 기회가 주어진 셈이었다.

"라후타 연주자들은 까다로운 사람들이랍니다." 슈티에펜이 말을 이었다. "그를 설득하느라 애를 먹었어요. 내가 말했죠. '날씨가 험한데다 날도 꽤 저물었군요. 내가 무슨 이득을 챙기려는 게 아닙니다. 물론 잠자리도 거저 제공해드릴 거고요. 한 가지 부탁만 들어주세요.' 그런 식으로 두 분에 대해 얘기했답니다."

일층 거실엔 비에 흠뻑 젖은 산사람 몇몇이 와 있었다. 그들 가운데 누가 음유시인인지 알아내기에 앞서 벽에 기대 세워진 라후타가 눈에 띄었다. 슈티에펜이 한 남자의 어깨(뭉툭한 날개가 시작되는 그의 외투 부위)에 손을 얹자 남자가 그들을 돌아보았다. 그 즉시 동의가 이루어진 셈이었다. 음유시인은 두 외국인 중 한 명을 한참 동안 주시했는데 마치 마음속 의심을 떨쳐내려는 것 같았다. 투명한 빛을 비롯해 유리의 균열과도 흡사한 균열이 예리한 느낌을 더해주는, 일찍이 마주친 적 없는 그런 눈이었다. 여인숙 주인은 그에게 계속 무어라 말하고 있었는데, 음유시인은 듣고 있는 것 같지 않더니 갑자기 동의를 표하듯 고개를 숙였다. 오랜 관습대로 그는 아무런 보수도 받으려 하지 않았고 그저 그날 밤 숙박료만 내지 않기로 합의를 보았다.

녹음기를 아래층으로 내리느라, 위층으로 올릴 때 그랬듯 한바탕 소동이 벌어졌다. 아래층에 있던 산사람들이 호기심어린 눈으로 트렁크들을 바라보았다.

날이 저물자 슈티에펜은 높다란 석유램프에 불을 밝혔다. 이번처럼 중요한 상황에 사용하는 램프였다. 이제 여인숙엔 잔치와도 같은 특별한 분위기가 감돌았다. 음유시인만이 그 저녁 잔치의 주인공이 자신임을 깨달은 듯 차분히 녹음기를 응시했다. 윌리는 그가 있는 쪽으로 흘깃흘깃 눈길을 던지며 이 초현대적 기계가 그에게 불러일으키는 감정을 짐작해보려 애썼다. 당혹감, 공포, 아니면 그의 선임자인 옛 음유시인들을 향한 죄책감일까? 결국 윌리는 이 음유시인에게서 발산되는 평온함이 사실은 큰 혼란을 은폐하고 있다고 결론지었다. 그의 목소리와 라후타 연주가 수세기를 내려오며 그랬던 것처럼 무한 속으로 사라지는 것이 아니라 이번처럼 금속 상자 안에 저장되기는 처음이었다. 빗물이 저수조에 저장되듯, 혹은…… 그는 음유시인이 마음을 바꾸지는 않을지 불쑥 걱정에 사로잡혔다.

그러다 사람들이 반원 형태로, 대부분 바닥에 앉은 자세로 자리잡는 걸 보고서야 마음이 가라앉았다. 그건 의식이 이미 시작되었으며 그 무엇도, 누구도 방해할 수 없음을 의미했다.

음유시인이 마침내 자신의 라후타를 집어들었다. 소리가 너무 단조로워 무슨 매혹적인 꿈속으로 초대하는 듯한 느낌이 들었다. 윌리와 맥스는 서로 눈길을 주고받았다. 음유시인은 말할 때와는 전혀 다른 목소리로 노래 부르기 시작했다. 자연을 거스르는, 흐트러짐 없는 차가운 목소리, 마치 다른 세상에서 오는 듯 불안을 퍼뜨리는 목소리였다. 윌리는 등이 오싹해지는 기분이었다. 여러 차례나 가사를 이해해보려 했지만 목소리의 균일한 톤 탓에 제대로 되지 않았다. 마음속에 빈 구멍이 뚫린다 할까, 내장이 발린다 할까, 실톳대의 실을 잡아당기듯 끝없이 그의 속을 도려내는 느낌이었다. 듣는 이의 내면을 진공 상태로 만드는 목소리. 노래가 조금만 더 이어졌어도 사람들이 그 자리에서 차례로 용해되어버렸을 터였다. 하지만 그 직전에 라후타 연주가 멈추었다.

갑작스레 찾아든 정적 속에 웅웅대는 희미한 기계 소리가 들렸다. 가서 버튼을 눌러야 한다는 생각을 먼저 한 사람은 맥스였다.

그러자 마치 마법에서 풀려난 듯 청중이 다시 활기를 띠었다. 노래를 부른 이를 향한 칭찬의 소리가 사방에서 들렸다. 윌리와 맥스도 그들에게로 가 알바니아어로 고맙다고 했는데, 관례적 양식을 띤 오래된 칭송의 인사말에 비하면 그들의 목소리는 김 빠진 소리처럼 들렸다.

음유시인이 두번째 노래를 시작하기 전에 맥스는 녹음 상태를 확인했다. 원래 소리에 울림이 조금 더해진 음유시인의 목소리가 녹음기에서 흘러나오자 모두 할말을 잃었다. 음유시인이 입을 다문 채 그곳에 있고 그의 라후타 역시 침묵했음에도, 그의 목소리와 악기 소리가 다시 들리고 있었으니까. 정말이지 믿기지 않는 재생이었다. 주체와 속성의 괴리랄 수 있는 이 단절로 말미암아, 재생된 소리는 뚜렷한 존재감을 부여받고 있었다.

모두들 녹음기 주위에 들러붙어 두 금속판이 두 개의 맷돌처럼 돌아가는 모습을 입을 벌린 채 바라보았다. 그들의 시선엔 감히 입 밖에 내지 못하는 질문들이 가득했다. 상자 속에 갇힌 목소리는 대체 어떤 모습으로 그 안에 모여 있는 걸까?

짧은 휴식 뒤, 음유시인은 두번째 발라드를 노래했다.

"목소리가 저 안에서 뒤섞이진 않나요?" 결국 여행객들 중 한 명이 손가락으로 녹음기를 가리키며 물었다.

윌리는 웃음이 나오는 걸 참았다.

밤이 꽤 깊어서야 그들은 녹음기 커버를 닫고 음유시인에게 감사를 표했다.

"이 주 뒤 이곳을 다시 지날 때 같은 노래를 불러주십시오." 슈티에펜이 음유시인에게 재차 당부했다. "앞서 말했듯이 저분들의 관심이 그거라서요. 비교라나, 뭐 그런 걸 하고 싶어하니까. 사나이로서 한 약속이니 꼭 지켜줘요."

"걱정 마십시오." 음유시인이 침울한 얼굴로 답했다.

"목소리가 저 안에 이 주 동안이나 보관되는 거요?" 젊은 산사람이 물었다. "녹이 슬지 않소?"

"아니요." 윌리가 대답했다. "여러 달, 심지어 여러 해 저 안에 머무를 수 있죠."

라후타 연주자는 녹음기 케이스를 뚫어져라 바라보았다. 윌리는 그의 시선에서 동요의 빛을 알아챈 듯싶었다. 후회하고 있는 걸까? 윌리는 걱정스레 자문했다. 자신의 목소리가 덫에 걸리듯이 상자 안에 갇혀 있는 걸 불길하게 여기는 건 아닐까?

두 외국인은 모두에게 잘 자라는 인사를 하고 방으로 돌아왔다. 슈티에펜도 석유램프의 불을 껐고, 널따란 공용 객실은 어둠에 잠겼다.

윌리는 아래층 손님들의 어지럽고 불안한 잠기운이 이제 자신들에게까지 올라오는 느낌이었다. 좀더 논리적이고 좀더 투명한 무언가로 생각을 돌려 원인 모를 엄청난 두려움을 몰아내려는 듯 혼잣말을 했다. 내일, 내일은 할일이 많아! 그렇게 그는 한숨지으며 담요로 몸을 감쌌다.

윌리는 날이 샌 줄 알고 여러 번 잠에서 깼지만 새벽은 다가오지 않고 점점 더 멀어져가는 듯했다. 다시 눈을 떴을 땐 이미 늦은 시각이었다.

일층으로 내려온 두 사람은 여인숙의 넓은 홀이 텅 비어 있는 걸 발견하고 놀랐다.

"모두 떠났어요." 그들의 놀란 모습을 보고 슈티에펜이 말했다. "산사람들은 일찍 일어나거든요." 살짝 열린 문틈으로 비를 잔뜩 머금은 어두컴컴한 하늘이 보였다. "상상해보세요, 이런 날씨에 여행을 떠나다니!"

마르틴의 나막신 끄는 소리가 들리는가 싶더니, 양손에 물 양동이를 하나씩 든 그가 뒷문으로 들어오는 모습이 보였다.

"안녕하세요?" 그가 말했다.

"안녕하세요, 마르틴? 밤새 잘 잤어요?" 맥스가 물었다.

"네, 그럭저럭…… 불안했어요…… 그 기계 때문에……"

"기계가 어때서요?" 윌리가 물었다.

"글쎄요, 저도 모르겠어요." 그가 말을 더듬었다. "무슨 일이 일어날지 모르니까요."

마르틴의 눈에서 막연한 공포가 전해져왔다. 윌리는 간밤에 자신을 사로잡았던 불안을 머릿속에 떠올렸다. 아래층에서 그들이 묵은 방까지, 마치 천 년의 세월을 건너 올라오는 듯했던 두려움이었다……

2월 27일, 물소뼈 여인숙

바로 오늘 우리는 호메로스의 수수께끼를 풀기 위한 작업을 본격적으로 시작했다.

음유시인이 노래한 두 편의 시를 여러 차례 반복해서 들었다.

저마다 약 천 개의 행으로 이루어진 시들이다.

우리는 출판된 판본들과 대조하는 작업을 했는데, 예상했던 대로 상당한 차이점들을 발견할 수 있었다.

첫번째 시는 무사武士 무이의 아내 아이쿠나의 변절 이야기다. 독일인들은 그녀를 알바니아 서사시에 등장하는 트로이의 헬레네 정도로 여겼다. 아이쿠나의 이야기라면, 몸서리나는 내용이 담겨 있긴 하지만.

또다른 시는 기수旗手 주크의 서사시의 변형이라 할 만한데, 이보다 더 비통한 이야기는 상상하기 어려울 것이다. 한 젊은 여자가 산속에서 오빠를 찾으러 다닌다. 결국 피투성이가 되어 있는 오빠를 발견하는데, 오빠가 물을 달라고 한다. 그러나 샘이 먼 곳에 있는지라 그녀는 오빠를 두고 갔다가 돌아오는 길을 찾지 못하게 될까봐 걱정한다. 그러자 오빠는 자신의 옷 조각을 피에 적셔 그 핏방울을 떨어뜨리면서 가면 길을 잃지 않을 거라 한다. 그녀는 오빠의 말대로 하지만 비가 내리기 시작해 핏자국이 지워지는 바람에 산속에서 헤매게 된다. 그때 까마귀 한 마리와 곰 한 마리가 그녀 앞에 불쑥 나타난다. 까마귀는 방금 어느 부상자의 눈을 쪼아 먹었다 하고, 곰은 그의 머리 한쪽을 먹어치웠다 고백한다. 그 말을 들은 그녀는 안개 속에 잠긴 산길을 따라 울부짖으며 달아난다.

"끔찍하군!" 맥스가 녹음기의 정지 버튼을 누른 뒤 한숨을 내뱉었다.

우리는 그날, 또 이어지는 날들을 두번째 담시를 해독하며 보냈다.

2월 말, 물소뼈 여인숙

우리는 음유시인이 돌아오기를 초조한 마음으로(불안한 마음은 아니었다 해도) 기다렸다.

간혹 우리가 이곳에 온 주된 목적을 잊고 서사시의 세계에서 헤매고 있다는 두려움에 사로잡힐 때도 있다. 우리는 호메로스 연구자들이다, 하고 날마다 되뇌곤 한다. 우린 이곳에 알바니아 서사시를 연구하러 온 게 아니라 호메로스의 수수께끼를 풀려고 왔음을 스스로에게 환기시키려는 듯이.

말이야 쉽지. 우린 무의식적으로 서사시에 사로잡히고 만다. 여러 문제가 땅속 뿌리들보다 더 복잡하게 얽혀 있을 때도 있다. 무이의 아내인 아이쿠나와 관련된 이야기만 해도, 우린 서로 다른 내용을 전해주는 두 가지 판본을 찾아냈다. 호메로스 이전 시들에 존재한 헬레네의 납치 이야기도 그랬을 게 틀림없다. 그러다 호메로스가 나타나 여러 변형 중 하나를 선택하게 된 거다.

호메로스의 판본만 해도, 헬레네의 처신을 두고 다양한 해석이 존재했음을 암시해준다. 왕비의 납치를 다룬 이 이야기는 하나같이 모호성을 띤다. 그녀가 파리스를 자진해서 따라간 걸까, 아니면 강제로 납치되었다가 나중에 그에게 반한 걸까? 어쩌면 파리스를 단 한 순간도 사랑하지 않았고, 그저 그의 노예였을 수도 있다! 처음엔 그에게 매혹당했지만 곧 실망하고 애정이 식었던 건 아닐까? 아니면 그런 경우 흔히 그렇듯 그가 그녀에게 반했다가 열정이 식은 걸까?

호메로스의 판본을 읽어도 의혹은 사라지지 않는다. 트로이전쟁이 벌어지고 있는 동안은 물론, 전쟁이 끝나 헬레네의 납치에 대한 수수께끼가 풀려야 할 시점에도 여전히 답변은 주어지지 않는다. 일어난 모든 일에 대한 회한만이, 그것도 몹시 모호한 방식으로 언급될 따름이다. 적법한 배우자인 메넬라오스를 향한 헬레네의 태도 역시 분명하지 않다. 그를 증오 혹은 경멸하는 걸까, 아니면 사랑하는 걸까?

아이쿠나의 태도에 대해선 알바니아의 여러 서사시 판본들이 각자 다른 방식의 분명한 이야기를 들려준다. 한 판본에 따르면 아이쿠나는 무이의 슬라브인 적에게 납치당해 포로가 되어 다른 여죄수들처럼 풀려날 날을 기다린다. 하지만 또다른 판본에선 납치범이 아이쿠나에게 홀딱 빠져 자신의 배우자를 버리고 그녀를 왕비로 삼으며, 심지어 전 왕비의 입에 횃불을 물려 둘의 신혼의 밤들을 밝히게 한다. 이 판본은 아이쿠나의 속마음을 이야기하지 않는다. 반면 다른 두 판본엔 그녀의 감정이 분명히 명시되어 있다. 한 판본에선 그녀가 왕비가 되어서도 첫 남편에게 마음이 가 있다. 그러나 두번째 판본에서 그녀는 납치를 당한 뒤 곧 납치범에게 마음이 빼앗길 뿐 아니라, 자신을 구하러 온 무이를 파렴치하게 속여먹는다. 음유시인이 노래한 내용이 바로 이 버전이었다. 배신당한 무이가 두 연인의 침대 발치에 사슬로 묶인 채 입에 물린 불붙은 소나무 가지로 둘의 격렬한 정사를 비춘다.

네 명의 아이쿠나 모두에게서 부분적으로 헬레네의 모습을 찾을 수 있다. 아니, 헬레네 안에 서로 다른 이 네 양상이 뒤섞여 있다는 편이 옳겠다. 결국 헬레네는 몹시 복잡한 인물이 되어버리고, 메넬라오스의 행동 역시 모호한 상태로 남는다.

3월 1일, 물소뼈 여인숙에서

찬란히 빛나는 태양도 따스함을 전해주지는 않네……

날씨가 춥다. 그래도 우린 만족한다. 그리스-일리리아-알바니아를 아우르는 옛 세계의 공통된 토대를 마침내 찾아낸 것이다. 중세 알바니아 시인들이 오랫동안 그 토대의 존재를 주장했던 게 사실이지만, 시인들을 두고 흔히 그러듯 사람들이 그들의 목소리에 귀기울였을 땐 이미 너무 늦고 만 시점이 된다.

어떤 전제 권력이 예술가들의 끓어오르는 열정을 억압할 수 있었는지, 우린 호메로스의 입장에서 이해해보려고 한다.

오래된 불안이 가끔씩 되살아난다. 혼돈 속에서 우리가 길을 잃게 되는 건 아닐까? 구체적인 또다른 불안도 있다. 그 첫 음유시인이 돌아올까 하는.

3월 3일, 여인숙에서

시간을 재며 우리가 **라후타** 연주자를 기다리고 있을 때 예기치 않게 다른 두 음유시인이 도착했다. 우린 정말 운이 좋은 거라고 슈티에펜이 말했다. 며칠 사이에 음유시인들을 그만큼 보기는 참 오랜만이라고. 그중 한 명은 산사람들이 그렇듯 조용하고 말이 없었던 반면, 다른 한 명은 안절부절못하고 앉았다 일어서기를 반복하며 문으로 가 도로를 살폈다. 좋은 소식이든 나쁜 소식이든 거기서 무언가가 나타나기를 기다리는 사람 같았다. 그런데 바로 이 남자가 슈티에펜과 머리를 맞대고 이야기한 뒤 우리 두 외국인을 위해 노래를 부르겠다고 수락했다.

우리의 기대와는 달리 그는 **라후타** 반주 없이 노래 부르겠다고 했다. 이유는 말하지 않았다. 악기 줄이 끊어진 걸까, 아니면 손에 문제가 생긴 걸까? 저번처럼 그를 둘러싸고 침묵이 감돌았다. 음유시인은 노래하기 전에 오른팔을 들어 손을 펴고 뺨 윗부분과 귀 사이에 손바닥을 갖다댔다. 활짝 편 손끝이 새의 볏처럼 목덜미에서 모습을 드러냈다. 우리는 거의 한소리로 중얼댔다. **마제크라**(날개 끝)라고. 번역 불가능한 알바니아 용어로 여러 논문에 묘사되어 있는 바로 그 고대의 몸짓이었다. 우리는 구체화된 그 몸짓을 마침내 눈앞에서 목도하고 있었다.

한참이 지나서야 음유시인은 노래를 시작했다.

나는 오늘 과거에 흘린 피를 되찾으려 하네
세상 그 누구도 그 일을 떠맡은 적이 없다네

그가 읊기 시작한 이 도입부에서, 맥스와 나의 입에서 동시에 외침이 새어나왔다.

"기수 주크의 무훈시다!"

그 시가 분명했다. 그걸 온전히 다 듣게 되다니, 꿈만 같았다! 서사시를 처음 알게 된 이후로 얼마나 듣고 싶었던 노래인가. 알바니아인들이 그 시를 두고 알바니아의 『오레스테이아』라 부르는 것도 무리가 아니다. 어머니의 배신, 어머니를 살해하도록 오라비를 부추기는 누이, 분노의 여신들, 벌 등등 고대 비극의 모든 요소를 담고 있는 노래다.

노래를 마친 그에게 우리는 언제 이곳으로 다시 돌아오는지 물었다. 하지만 놀랍게도—특히 슈티에펜이 놀랐는데—'고원'으론 영원히 돌아오지 않을 거라 대답했다.

슈티에펜은 놀라 벌어진 입을 다물지 못했다. 고원을 떠나는 산사람이라니, 그로선 상상할 수 없는 일이었다. 무엇보다 그건 흉조요, 최악의 재난을 예고하는 조짐이었다.

"우린 더러운 시대를 살고 있어요." 슈티에펜이 말했다. "무슨 미친 일이 벌어질지 모르거든요."

3월

여인숙에 사람들의 발길이 끊어졌다. 우린 작업을 계속 이어가지만 때로 가슴속이 텅 빈 느낌을 받곤 한다. 첫 음유시인이 여전히 돌아오지 않고 있다.

그가 돌아오는 건 우리에겐 사활이 걸린 문제다. 다른 음유시인들의 노래를 분명 앞으로도 계속 녹음하게 될 테지만, 그 음유시인이 다시 오지 않는다면 마음에 상처로 남을 것이다. 첫사랑의 비애가 남긴 흔적 같은.

슈티에펜은 죄지은 사람처럼 우리를 훔쳐본다. 이런 상황을 두고 우리보다 더 괴로워한다는 느낌을 받는다. 때때로 그는 여인숙 문 앞으로 나가 안개 속에 묻힌 도로를 살핀다. 도로를 보면 기대가 거의 사라진다. 특히 비가 오는 날에는.

어제 아침에 커피를 마시고 있는데 평소 같지 않은 소리가 들렸다. 먼 데서 무언가가 웅웅대는 소리였다. 무슨 일인가 싶어 우린 밖으로 나갔다.

"한 달에 두 번 이곳 상공을 나는 민간 비행기랍니다." 슈티에펜이 하늘을 향해 얼굴을 쳐든 채 말했다.

"승객을 태운 비행기인가요?"

우린 서로 눈길을 교환했는데, 미심쩍음이 담긴 이 눈짓을 알아본 슈티에펜이 우리에게 다가왔다.

"걱정하지 마세요." 소리가 나는 쪽으로 그가 손짓을 하며 나지막이 말했다. "북쪽 고원지대엔 공항이 하나도 없으니까. 설령 있다 해도 비행기를 탈 산사람이 없어요."

"그래요?" 맥스가 물었다. "왜죠?"

"이유야 아주 많죠." 슈티에펜이 답했다. "하지만 그중 하나만 들어도 충분히 납득하실걸요. 비행깃값이 산사람의 이삼 년 수입과 맞먹는답니다."

우리는 고개를 끄덕이며 알았다는 표시를 했다.

"그이는 꼭 돌아올 겁니다." 슈티에펜이 천천히 한 마디씩 끊어 말했다. "혹시라도……" 그가 희미한 목소리로 덧붙였다. "……혹시라도 죽은 게 아니라면."

VII

여인숙 주인의 예측을 확증하려는 듯 정말로 음유시인이 돌아왔다. 하늘이 어둡게 드리운 조용한 날이었다. 모든 게 얼어붙은 듯 꼼짝하지 않았고, 노래도 영원히 잊힌 듯했다. 몹시 초췌한 얼굴을 한 음유시인에게 대체 무슨 일이 있었던 건지 그들은 차마 물어볼 용기가 나지 않았다. 그의 노래를 듣게 될지 전혀 기대할 수 없었고, 여인숙 주인에게도 그에게 약속을 환기시키는 일은 삼가달라고 부탁했다. 하지만 슈티에펜은 아니라고 고개를 저었다. 약속을 한 이상 반드시 노래를 부를 거라고. 실제로 음유시인은 약속을 지켰다. 아무 말 없이 무슨 의무를 이행하듯 마이크 앞 나무 의자에 자리잡더니 두 곡의 담시를 연달아 불렀다.

그가 떠나자 곧 두 사람은 밤늦게까지, 또 이튿날 온종일, 새로 녹음한 내용을 지난번 녹음의 필사본과 비교했다. 음유시인이 그렇게나 지치고 파리한 얼굴을 하고 있었으니 노래 가사 역시 상당 부분 변형되었을 거라 생각했다. 맥스는 녹음된 내용 앞에 자신의 목소리를 영어로 녹음해 서두처럼 삽입했다. "음유시인이 이 주 후에 다시 부른 노래다. 그사이 그는 무슨 정신적 충격 내지 몹시 힘든 일을 겪은 듯하다."

그런데 놀랍게도 그들은 두 텍스트 사이에 차이가 거의 없다는 걸 확인할 수 있었다. 천여 개 행 가운데 두 행만 빠져 있었고, 사슬에 묶인 무이의 장면에서 "검게 탄 소나무 가지 재로 인해 무이의 턱이 검어졌다"라는 행이 "소나무 가지의 검게 탄 재가 그의 입에서 나온 거품과 뒤섞였다"로 바뀌었을 뿐이었다.

그들은 이렇게 내용이 바뀐 이유를 두고 한참을 논했다. 이 소소한 변형이나 천 개의 행 가운데 두 행이 빠진 건 예측 가능한 최소의 소실이라는 생각도 들었다. 그런가 하면 노래하는 이의 울적한 마음이 노래에 그만큼의 씁쓸함을 더한 것 같기도 했다.

그러다 그들은 노래의 내용이라는 부차적 사안은 제쳐두고 내용이 바뀐 행들을 파고들며 감탄을 금치 못했다. 그토록 오래 기다렸던 첫 변형이 그들 눈앞에, 이론의 산물이 아닌 생생한 현실의 산물로 놓여 있었다! 두 행의 소실, 작은 공백, 현장에서 포착한 첫번째 망각이 거기 있었다. 매료당한 두 사람은 이 변형과 함께 누락을 끈질기게 파고들었고, 이제 다시 불가능은 없어 보였다. 호메로스의 수수께끼를 푸는 주요 실마리 중 하나를 갖게 된 셈이었다. 즉 이 주의 간격을 두고 한 음유시인에게서 일어난, 최소 단위랄 수 있는 변형과 망각. 그런데 여러 해, 혹은 백 년, 오백 년에 걸쳐 일어난 망각이라면 어떨까. 그것이 단 한 명의 음유시인이 아니라 그들 모두에게서 일어난다면, 한 세대를 망라하거나 심지어 한 세대에서 다음 세대로 건너가며 일어나는 사건이라면 말이다. 이 망각의 메커니즘이 갑자기 놀랄 만큼 비중 있게 다가오면서, 그들은 관자놀이가 세차게 뛰는 걸 느꼈다. 이 정도 규모라면, 뇌 역시 적응하기 어려운 게 아닐까.

이처럼 자신들의 일에 몰두해 있을 때 그들은 시장 부부가 보낸 무도회 초대장을 받았다. 처음에 무슨 영문인지 도무지 감을 잡을 수 없었던 건, 그런 발상 자체가 괴상하고 황당무계하고 자신들과는 상관없는 허황된 일로 보였기 때문이다. 그들은 한목소리로 "안 돼!"라고 말하면서 생각했다. '우리가 거기 가서 무얼 한다지? 분명 무슨 오해가 있는 거야.' 그런 사적인 무도회에 자신들이 왜 초대받게 되었는지 아무리 생각해도 알 수 없어, 결국 무슨 착오가 있었거나 초대장이 잘못 전달된 거라 믿게 되었다. 하지만 초대장에 자신들의 이름이 정성스레 쓰여 있는데다,

보닛이 긴 시장님의 검정 승용차가 여인숙 앞에 세워져 있었다. 무도회 초대장을 보내는 데 그치지 않고 그들을 데려올 승용차까지 보낸 것이었다. 안 된다고 또 한번 말하려는데, 도착한 날 저녁(그때도 바로 무도회에 초대받았는데)의 일이 어렴풋이 떠올랐다. 이 일대 전체가, 어쩌면 여인숙들을 비롯해 일부 음유시인들조차 시장의 관할 아래 있는지도 몰랐다.

반시간 뒤, 짙은 색 양복 차림의 그들은 낡은 구형 자동차에 올라타 있었고, 이제 얼어붙은 땅거미가 신비로움을 더해주는 고원을 가로지르며 달리고 있었다. 사방에서 유령 같은 건촛더미들이 전조등 빛줄기를 피해 달아나는 동안 윌리는 두세 차례나 마음속으로 되뇌었다. '맙소사, 우리가 지금 어디로 가고 있는 거지?' 몇 초 지나서야 그는 정신을 가다듬고 그곳 시장 댁의 무도회에 가고 있음을 기억해냈다. 그러다 곧 다시 상상의 날개에 실려, 매복해 있는 무수한 위험 한복판을 달리고 있다는 느낌을 받았다. 오랫동안 얼어붙어 꼼짝 않던 위험들을 본의 아니게 자신들이 깨우고 있다는.

"정말이야, 이런 석양은 한 번도 경험한 적이 없어." 맥스가 윌리의 어깨에 몸을 기댄 채 속삭였다.

그랬다. 잉크빛 하늘에 펼쳐진, 빛과 부드러움의 온상인 별들의 모든 흔적을 펌프로 빨아들인 듯한 이상한 황혼이었다. '누군가를 유괴하기에 이상적인, 그런 해질녘이군!' 윌리는 생각했다. 시장의 아내라든지, 입에 나뭇가지를 문 남편(음유시인들의 다양한 판본에 묘사되어 있는)이라든지, 아, 이 모두가 때맞춰 얼마나 불안을 야기하는지!

멀리서 소도시의 불빛이 반짝이자 윌리는 안도의 한숨을 내쉬었다. 시장의 집 문 앞에는 수많은 등이 환한 빛을 발하고 있었다. 넓은 홀에는 지난번 방문 때 있었던 손님들뿐 아니라 새로운 얼굴들도 보였다. 이 도시 상류층 인사들임이 분명했다.

"우리 곁에 다시 모시게 되어 아주 기쁩니다." 시장이 그들에게 다른 초대객들을 소개하며 말했다. "이 도시 산부인과 의사인…… 여긴 변호사님과 사모님 되시는…… 그리고 이미 알고 계신 로크 씨, 우체국장님도 와 계십니다…… 이렇게 다시 함께 해주시니 정말 반갑군요. 이 지방 병무청장님이십니다. 그리고 내 아내……"

한 시간이 지나서도 두 사람은 이곳에 도착했을 때와 마찬가지로 서먹서먹하기만 했다. 거기 모인 다른 이들처럼 한 손엔 잔을 들었고 춤도 한 차례 추었지만 주변 분위기에 도무지 섞여들지 못했다. 모든 게 종이로 만든 형상들처럼 비현실적이고 우스꽝스럽기만 했다. 자신들은 서사시의 세계에서 결코 눈을 돌릴 수 없으며 이 무도회에서도 원칙대로 행동할 수 없다는 걸 알았다. 여자들이 구석에서 그들을 훔쳐보며 수군댔다. 둘을 두고 뭐라 빈정대는 게 분명했지만 그들은 괘념치 않았다. 여기서 수십 리 떨어진 여인숙에 마음이 가 있었으니까. 사람들은 물론 옷이나 몸짓, 행위 규범조차 너무도 다른 곳에……

월리는 벽난로 대리석 판에 기대선 채, 눈과 서리 모양의 무늬가 든 복장을 한 여인숙 손님들을 떠올렸다. 번개를 수놓는 기계로 박아넣은 듯한 무늬.

시장의 집 응접실에 앉아 있는, 이른바 N시의 엘리트 집단인 이 사람들은 꼭두각시들이요, 우스꽝스러운 관료들에 불과했다. 그 앞에선 웃음을 터뜨리든지 토할 수밖에 없는.

"불편해 보이시네요." 여주인이 조심스레 다가와 월리에게 말했다. "따분해하시는 것도 무리가 아니죠. 여긴 외진 촌구석이니, 어쩌겠어요!"

"아닙니다, 부인!" 그는 뭐라 대답해야 할지 몰라 이렇게만 말했다.

실제로 그녀는 이 인형극에서 예외인 듯싶은 유일한 인물인지라 마음을 상하게 하고 싶지 않았다.

지난 며칠 보지 못한 사이 촉촉하고 유순해진 그녀의 맑은 눈이 바로 곁에 있었다. 잔을 든 손에서 빛을 발하는 반지 역시 여주인의 나른한 분위기에 다소 감염된 듯했다.

그녀한테서 전해지는 세련된 향수 냄새를 맡으며 갑자기 그는 묻고 싶어졌다. 동일한 공간과 동일한 시간에 어쩌면 그리도 상이한 두 알바니아가 공존할 수 있는지. 하나는 그들의 서사시를 통해서뿐 아니라 저기 대로변에 자리한 여인숙에서 알게 된 영원불멸의 비극적 품격을 지닌 알바니아. 다른 하나는 바로 이 자리처럼—이렇게 솔직히 말씀드려 죄송하지만—그에겐 위선으로밖에 보이지 않는 또다른 알바니아.

"몽상가……" 그녀가 말했다. "몽상가시군요. 조용한 몽상가. 바로 그런 기질에 저는 마음이 동한답니다……"

"황송한 말씀입니다." 그가 답했다. "사실 부인께 한마디 여쭙고 싶었습니다."

그녀의 손가락에서 빛나는 반지가 가볍게 떨리는 듯했다. 아마도 그가 하는 말을 이해하지 못할지도. 또다른 알바니아에 대해 그녀는 전혀 아는 바가 없을 수도 있었다. 하기야 누구라도 의문을 품을 수 있는 일이었다. 그가 말하고 싶은 이 알바니아는 정말 그의 생각대로일까, 아니면 한낱 시인의 몽상에 불과한 걸까?

윌리는 벽난로 바람 조절용 철판 위에 놓아둔 잔을 들어 술을 한 모금 삼킨 뒤 다시 내려놓았다. 어느 젊은 알바니아 작가가 쓴 글을 읽은 적이 있었다. 오늘날 이 나라 산사람들은 노골적인 대담성과 반항 정신을 보여주고 있다지만 국가의 통제 앞에선 당장에라도 무릎을 꿇고 비굴해질 수 있다는 것. 하지만 한 발 물러서서 바라보면 모든 게 딴판이었다. 그러니 그런 일을 두고 놀랄 필요가 없었다. 호메로스 시대 사람들은 정말 그렇게나 서사적 성향을 드러냈을까? 호메로스 자신은 어땠을까? 누가 어머니와 동침한다든지 하는 끔찍한 장면이 한동안 윌리의 뇌리를 떠나지 않았건만, 막상 호메로스 자신은 『일리아드』의 두번째 혹은 일곱번째 노래를 부른 뒤 사례금을 계산하는 데 몰두하지 않았을까…… 알바니아 음유시인들이 그 어떤 보수도 거절한다는 사실을 알고서야 윌리는 이런 고뇌에서 해방된 터였다. 천만다행히도 그건 기우에 지나지 않았던 것이다!

"무슨 하고 싶은 말씀이 있으세요?" 데이지가 속삭였다.

그는 한참 동안 그녀의 얼굴을 뚫어지게 바라보았다. 그런 이야기를 그녀에게 한다는 건 정말이지 미친 짓이겠지. 시장의 아내, N시의 '퍼스트레이디'인 그녀에게 말이다.

여인숙으로 돌아가는 차에 오르자마자 그는 맥스에게 속내를 털어놓았다. 같은 순간, 초대받았던 손님들도 집으로 돌아가며 그들에 대한 험담을 늘어놓고 있을 게 분명했다. 비사교적이고 덜떨어지고 잘난 척하는 인간들, 혹은 난폭한 정신병자들이라고……

이야기를 하면서도 윌리는 멀리서 반짝이는 희미한 불빛에서 눈을 뗄 수 없었다. 이 잉크빛 밤이 불러일으키는 공포와 숙명적인 체념의 감정을 증폭시키는 빛이었다.

그는 맥스의 답변을 잠시 기다렸다. 하지만 아무 반응이 없는 걸 보면 맥스는 잠이 든 것 같았다.

VIII

3월 14일, 물소뼈 여인숙

날이 풀리기를 기대하고 있었건만, 갑자기 더 혹독한 겨울 날씨가 되었다.

다행히 새로운 녹음 작업이 추위에 방해받지는 않았다. 두번째로 녹음이 이루어지기도 했는데, 그거야말로 우리의 주요 성과라 생각된다.

망각과 관련해 우리가 예상한 바들이 확증되고 있다. 두번째로 녹음된 것들 중 어느 것 하나도 첫번째 녹음과 동일한 게 없다. 요컨대 일주일 뒤에 다시 녹음한 노래(그보다 더 짧은 간격을 두고 시도해보지는 못했다)마저 그 안에 망각의 흔적을 지니고 있었다.

이 흔적은 장차 있을 노래의 죽음을 암시하는 전조요, 급기야 그 노래를 소멸시키고야 말 병균일까, 아니면 반대로 유구한 세월의 공략으로부터 노래를 지키기 위한 백신일까?

뉴욕에서 이미 우리가 간파한 사실이 이렇게 현실이 되고 있다.

구두로 전해지는 서사시의 경우, 망각은 인간이 지닌 기억의 한계로 말미암은 것이 아니다.

오히려 서사시 제작의 불가결한 요소다.

요컨대 생명체의 신진대사가 그렇듯, 영원히 이어지는 생명을 지키기 위한 죽음이다.

의도적인 망각이 아닌가 하는, 우리가 제기하게 되는 질문은 순진함의 과오를 범하고 있는 듯하다. 지금까지 이 질문에 답변한 음유시인은 단 한 명도 없다. 답변하는 이뿐 아니라, 질문을 이해한 이조차 없다. 이런저런 유형의 망각이 그 과정에 끼어드는 듯싶은데, 그것들 사이의 관계가 우리에겐 '신비'(이 경우엔 신의 섭리라는 뜻을 지닌!)로 남는다.

여기서 누락은 동전의 한 면에 불과하다는 사실을 부연키로 하자. 밀접한 관계를 갖는 또 한 면은 첨가들로 이루어진다. 라후타 연주자들은 한편으론 삭제하고 다른 한편으론 첨가하는 것이다.

그렇게 해서 중대해 보이는 문제에 이르게 된다. 십 주, 십 년, 천 년의 반의 반, 천 년이라는 주어진 시간 동안 일어난 누락의 비율을 따져볼 수 있을까?……

얼핏 보아 서사시라는 몸체는 해체 과정에—부분적이긴 해도 지속적인—있는 듯하다. 하지만 그것이 그렇게나 오래전부터 존재해왔다는 사실 자체가 이런 판단에 맞선다.

간단한 산정을 시도한 결과, 우리는 당황하지 않을 수 없었다.

무이의 아내의 배신에 대한 노래만 해도, 이 주 사이 전체 텍스트의 약 천 분의 일 분량이 수정되어 있었다. 그런 속도로 이천 주, 즉 사십 년이 지나면 그 서사시는 완전히 붕괴되고 말 테지. 그런데 사실은 전혀 그렇지 않았다.

그렇다면 무슨 일이 벌어진 걸까?

이 문제를 두고 머리를 싸맨 결과, 우리는 모종의 결론에 도달했다. 즉 망각과 첨가가 정말로 일어난 게 아니라, **유사 망각** 혹은 **유사 첨가**라 하는 게 더 정확하다는 것.

그러니까 첨가된 말들은 대부분 이전에 누락되었다가 음유시인들이 바로잡은 말에 불과하다는 뜻이다. 누락된 말들 역시 원래는 일시적인 첨가어였다가 음유시인들이 어쩌면 스스로도 모르는 이유로 텍스트에서 다시 제외시키기로 한 말들이다. 이런 식으로 끝없이 이어진다.

우리가 녹음을 수없이 계속한다면, 기억과 망각 사이의 오고 감을 좀더 자연스러운 무언가로 밝혀낼 수 있을지 모른다. 그렇게 되면 무엇이 진정한 의미에서 누락되거나 첨가된 말이며, 무엇이 외견상 그렇게 보일 뿐인지 구별해낼 수 있을 것이다.

하지만 그런 방법으로 모든 게 확실해지는 건 아니다. 대체 무슨 이유로, 또 무슨 신비로운 경로를 통해, 수년간 암흑 속에 묻힌 채 잊힌 요소가 다시 수면 위로 떠오르게 되는 걸까? 이 현상이 어느 한 음유시인에게서 나타난다고 하자. 그러면 지하로 흐르던 물줄기가 다시 샘솟듯, 상이한 시공간에 존재하는 다른 음유시인에게서도 재현될 수 있다. 수년 전 이미 흙으로 돌아간 음유시인의 무덤에서조차 서사시의 파편들이 땅껍질을 뚫고 다시 솟아날 수 있다. 죽음으로 인해 변질된 부분이 전혀 없는 채로.

3월 중순, 여인숙에서

구전 시에서 귀가 담당하는 역할에 대한 짧은 메모. '눈/귀'의 관계. **마제크라**(날개 끝).

독일인들은 고대의 몸짓인 **마제크라**를 묘사하며—심지어 그림까지 곁들이면서—아마도 생리적 필요성에 근거한 몸짓이라는 견해를 내놓았다. 의문의 여지가 없다고.

우리는 좀더 본질적인 문제들을 따져보는 게 좋겠다는 생각을 한다. 이 몸짓은 무슨 의미를 지니는지, 고대의 제전과 연관되었거나 상징적 의미가 있는 몸짓은 아닌지. 여인숙 주인은 독일인들의 설명과 어느 정도 일치하는 모호한 답변만 내놓았다. 음유시인들이 노래하는 동안 한쪽 귀를 막는 건, 가슴에서 울리는 목소리를 머리에서 울리는 목소리로 바꾸기 위해서라고, 또 노래할 때 일어나는 현기증을 막고 평형을 유지할 필요가 있어서라고.

여인숙 주인: "무훈시를 부르기가 얼마나 어려운지 상상할 수 없을 겁니다. 한땐 나도 해보려 했지만 안 되던걸요. 머릿속이 산사태가 난 듯 울려요. 그런 일에 익숙하지 않으면 미쳐버릴 수도 있답니다."

의심할 나위 없이 구전 서사시는 우선 청각예술이다. 오늘날의 작가들을 이해하기 위해선 필수 요소라 할 만한 시각이 호메로스 시대에는 중요한 역할을 담당하지 못했다. 심지어 방해물로 작용할 수도 있었다. 그러니 호메로스를 눈먼 시인으로 상상하는 것도 무리가 아니다.

음유시인들은 보통 시력이 약하다. 장담컨대 그들은 눈에 대해 일종의 경멸감까지 느끼는 게 분명하다. 어쩌면 그들만이 아는 방식으로 자신들의 시력이 나빠지도록 하는 건 아닐까? (눈이 깊이 있는 사고를 방해한다는 이유로 데모크리토스는 스스로를 장님으로 만들었다고들 하지 않는가.)

음유시인들을 맹인으로 상상하는 건, 예술과 일상의 현실 사이에 거리를 둘 필요성을 말해주는 일종의 신념일 수도 있다. 실명 내지 시력 저하는 서사시를 생성해내는 메커니즘의 구성요소다. 그렇다면 맹인의 기억력은 일반인의 기억력과는 다르다는 말일까?

흥미로운 가정이다. 하지만 오늘날 **라후타** 연주자들의 시력이 정말로 나쁜지 우선 확인해보아야 한다. 안과의들이 사용하는 시력측정표 같은 걸로 가능하겠지.

3월 21일, 물소뼈 여인숙

근사한 일이다! 연달아 이루어진, 일부는 반복된 녹음 작업들.

우리는 구전의 체계를 연구하기로 했다. 한 음유시인이 다른 음유시인에게서 차용해오는 것들과 시인들 상호 간에 미치는 영향을. 그러려면 축적된 녹음 자료들이 있어 음유시인 A가 부른 시를 음유시인 B가 부른 버전과 비교할 수 있어야 한다. 요컨대 B가 자신의 평소 목록에는 없던 노래를 A의 노래를 들은 뒤 포함시킨 경우다.

쉽지 않은 일이긴 하다. **라후타** 연주자들의 비타협적인 기질을 고려하면 특히 그렇다.

구전에 의한 담시의 보급은 자체의 법칙을 따르는데, 오늘날의 출판 규범과는 상이한 양상을 띤다. 사정이야 어떻든, 그 보급은 성공적일 수도, 실패할 수도, **베스트셀러**가 될 수도 있다.

그래도 그 일은 첫걸음에 불과하다. 담시가 한 음유시인에게서 다른 음유시인에게로 넘어가며 겪는 변화를 밝히는 걸로는 충분치 않다. 한 세대에서 다음 세대로 넘어갈 때 일어나는 변화 역시 알아내야 한다. 서사시는 어떻게 두 시기, 나아가 두 시대를 가르는 심연을 건너뛰며 전달되는 걸까? 그리고 뒤이어 무슨 일이 벌어지는 걸까?

그게 전부가 아니다. 무훈시는 두 개의 언어로 존재하는만큼, 무훈시와 관련된 그 모든 문제는 우리 자신도 지금 당장은 씨름할 수 없는 새롭고도 엄청난 의미를 지니게 된다. 그렇게 이중으로 존재하는 예술작품은 세상에서 유일한 경우가 아닌가 싶다. 이중 혹은 두 개의 언어라는 말만으로는 부족하다. 정확히 말해 무훈시는 적대 관계에 있는 두 국가의 두 언어로 존재한다. 알바니아와 세르비아 양쪽이 그들 고유의 비극적 대결에서 두 적이 휘둘러대는 동일한 무기처럼 무훈시를 사용하고 있는 것이다!

한쪽 버전을 다른 쪽 버전과 비교하면, 둘은 앞뒤가 완전히 뒤바뀐 모습이다. 마치 마술 거울이 있어, 한쪽의 영웅이 다른 쪽에선 반反영웅, 한쪽의 흰색이 다른 쪽에선 검은색인 격이다. 비애나 기쁨, 승리, 패배, 이 모두가 그때그때 상황에 맞게 끝없이 뒤바뀌어 있는 것이다.

서사시가 두 민족에게서 별개로 탄생했다고 보는 건 어리석은 생각이다. 둘 중 하나가 그걸 만들어냈고, 다른 하나는 모방한 게 틀림없다. 그렇다면 서사시는 발칸반도에서 가장 오래된 민족인 알바니아인들에게서 태어난 거라고 우린 마음속으로 확신한다. (그들의 버전이 호메로스 시 양식에 훨씬 근접해 있다는 사실이 이 확신을 뒷받침해준다.) 그래도 우린 이런 논쟁엔 말려들지 않을 테고, '호메로스 시작법詩作法의 발견'이라는 주된 목적에서 우리를 떼어놓는 그 무엇에도 개입하지 않을 것이다. 망각의 메커니즘, 내용의 수정, 전달 과정과 관련이 있는 한에서만 우리는 이런 이중 언어의 문제를 다룰 것이며, 그 이상은 아니다.

맥스는 벽난로 위에 기다란 접착지를 붙였다. "**우리는 무엇보다 호메로스 연구가다**"라는 문구가 들어 있는.

3월, 여인숙에서

실생활에서 일어나는 사건을 서사시로 변환시키는 것—'호메로스화'.

이거야말로 우리가 점점 더 자주 생각하게 되는 주제들 중 하나며, 무수한 질문을 제기하는 주제기도 하다. 무슨 기준에 따라 서사시는 수많은 사건을 두고 선택을 감행하는 걸까? 사건을 방부처리해 불멸에 들게 하는 과정은 어디에서 시작되는 걸까? 무슨 소소한 부분이나 세부 사항 혹은 사건이 제거되었으며, 무슨 오래된 형식이나 시의 모태가 시에 향기를 불어넣는 역할을 감당한 걸까?

실제 사건과 호메로스화된 버전을 비교하기 위해 우리는 서사시로 변환된 가장 최근의 사건을 찾아보았다. 그러다 1878년의 베를린회의를 다룬 고작 열두 행의 시를 발견했다. 안개 속에 몸을 사린 겨울 메두사처럼 서사시는 우리 시대로 성큼 다가서지 못한 채 그해에 멈춰 있었다. 이유가 뭘까? 무엇 때문에 앞으로 더 나아가지 못한 걸까? 무엇에 겁을 먹은 걸까?

서사시는 낯설게만 느껴지는 이 세상의 변두리에서 점점 더 드물게 모험을 시도한 게 분명하다.

우리는 베를린회의와 관련해 일련의 자료 카드를 세밀히 작성했다. 의정서, 참가국들의 선언, 오토만제국과 알바니아에 대한 강대국들 저마다의 태도, 결의안, 그리고 무대 뒤에서 벌어지는 음모들까지. 서사시에 묘사된 것과 비교하면, 실제 사건은 온기가 채 가시지 않은 채 제 미라 곁에 누운 시신 같다.

우리는 좀더 최근의 사건이 있는지 찾아보고 있지만 헛일이다. 1913년 알바니아 분할이 이루어진 그 암울한 해가 서사시엔 별 영향을 미치지 못하고 단 몇 행을 생성하는 데 그쳤다는 건 놀라운 일이다. 그건 서사시가 정말로 마비 상태에 이르렀음을 말해주는 징표다.

3월, 여인숙에서

무엇이 움직이고 변화하며, 무엇이 서사시로 고정되어 남는가? 서사시엔 흐르는 세월 속에서도 정체성을 잃지 않을 단단한 핵이 존재하는가?

이제까지 우리가 확신해온 바는, 무슨 모태나 원판이랄 수 있는 시적 형상들이야말로 그런 역할을 담당한다는 거였다. 요컨대 기본적인 틀 안에 서사의 반죽이 부어진다는 것.

즉 이 오래된 제작소의 부동의 틀들이 조화로운 시적 산물을 만들어낸다고 우리는 믿어 마지않았다.

그런데 연구에 몰두할수록 우리는 형상이나 모형들도 제작소 자체와 마찬가지로 변할 수 있다는 생각을 하게 된다. 변화는 아주 느리게 이루어져 우리 자신의 노화만큼이나 눈에 띄지 않지만 말이다.

IX

때로 그들은 자신들의 연구가 내포하는 초인적 차원에 지쳐 보다 단순하고 구체적인 질문들로 돌아오곤 했다. 시가 길어지거나 짧아진 데는 음유시인의 사생활이 작용하는 게 아닌가 하는 물음 같은. 예컨대 무이의 아내가 납치당한 내용에서 라후타 연주자가 질투라는 주제를 강조했다면 그의 사생활을 뒤져 설명을 찾아야 한다는 것. 그런 식으로 조목조목 조사해나갈 수 있다면 근사한 일이었겠지만, 그건 헛된 희망이었다. 그들 스스로도 확인했듯, 산사람들은 자신들의 사생활과 관련해 이런저런 질문을 받는 걸 용납하지 않았다. 모든 걸 훤히 꿰뚫어보겠다는 욕구가 그들에겐 그토록 간절했지만 말이다! 어느 혼례 행렬이 산길을 가다 얼음 속에 갇혀 꼼짝 못하게 됐다는 일화를 설명한다고

할 때도, 음유시인 자신의 혼례 날에 대한 정보를 비롯해 뜻밖에 마주친 위험이나 그로 인한 근심 따위를 수집한다면 좋았을 것이다. 이렇게 다양한 음유시인들에게서 길어올린 그 모든 요소를 비교해보면 둘도 없이 귀중한 실마리들을 모을 수 있었겠고, 그리하여 각각의 버전이 내포하는 비극적 요소의 총량을 헤아려볼 수 있었을 것이다.

하루하루가 흘러감에 따라 그들은 자기네 삶의 기억들과 서사시 사이에 묘한 관계를 정립하게 되었음을 깨달았다. 때론 재미 삼아 때론 진지하게, 지나간 삶의 일상적인 장면을 떠올리곤 했다. 아일랜드에 있는 고향집이 그 무대일 때도 있었고, 공중전화 부스나 공원 대로의 술집들, 혹은 맥스의 결혼식 날 택시가 달렸던 길이나 지난여름 어느 주말에 맥스가 아내를 의심했던 일이 배경이 되기도 했다. 그의 아내는 차표를 보여주며 부모님을 보러 간다 했지만, 맥스는 아내가 옛사랑과 다시 연락이 닿게 된 거라 의심했었다. 윌리는 윌리대로 십오 년이 지난 지금까지도 자신을 괴롭히는 어머니의 재혼에 얽힌 고통스러운 기억을 떠올렸다. 구전 서사시라는 무시무시한 거인 앞에서 지나간 삶이 이렇게 점차, 고스란히 모습을 드러냈다. 그리고 땅거미가 질 무렵이면 아일랜드의 풍경들과 맨해튼의 마천루들이, 한 번도 밟아보지 않았어도 이제 친밀하게 와닿는 '저주받은 산정'의 전경과

종종 뒤섞이곤 했다.

다시 눈이 내리기 시작한 걸까, 아니면 시야가 흐려진 탓일까? 윌리는 얼어붙은 창유리에 이마를 갖다댔다. 정말 눈이 오고 있었다. 인색하게 내리는 성긴 눈발이었다. 그사이 맥스는 녹음기 주변을 분주히 오갔다.

그들의 녹음기와 관련해 온갖 소문이 나돈다는 말을 슈티에펜에게서 들은 이후로 그들은 가능한 한 음량을 낮춰 작업하려고 애썼다. 한번은 테이프가 빠른 속도로 되감기는 소리를 아래층에서 투숙객 한 명이 듣고는 기절초풍한 것 같았다. 그는 위층에서 누가 사람의 목을 비튼다고, 목을 조르고 있다고 고함을 질러댔다. 여인숙 주인이 사정을 설명하며 그를 진정시키려 했지만 소용없었다. 그는 점점 더 흥분해서 날뛰었다.

"그러니까 그들이 우리 음유시인들의 목소리를 두고 그런 끔찍한 일을 벌이고 있단 말이지? 더이상 인간의 목소리가 아니고 악마의 목소리겠구먼. 그런데 자네 집 지붕 아래서 그런 끔찍한 일이 벌어지도록 놔둔단 말인가? 부끄러운 줄 알게, 슈티에펜!"

길에 나서서도 그는 또 한번 슈티에펜에게 소리쳤다.

"조심하라고, 슈티에펜! 자넨 여인숙에 악마를 들여놓은 거야. 내 말 알겠나?"

여인숙 주인에게서 대화의 일부만 전해들었음에도 그들은 마음이 몹시 거북했다. 그러다가 이런 일을 하다보면 결국 그런 불만에 직면할 수밖에 없음을 인정하며 평정을 되찾았다. 어느 면에선 몇 년 전에 이루어진 서사시 출판과 마찬가지로, 서사시를 녹음함으로써 음유시인들의 종말을 예고한 터였다. 음유시인들은 점점 더 불필요한 존재가 되어가고 있었다. 이 서사시 전수자들은 나날이 수가 줄어들어 급기야 종적을 감추게 될 것이었다. 일상생활에서 기계가 발명됨으로써 단순노동자들의 설자리가 없어지듯이 말이다.

그들은 바로 이 주제를 두고 이야기하는 중이었다. '서사시 전수자들'이라는 표현은 그럴듯하게 들리긴 해도 불충분하다는 사실을 윌리가 지적했다. 음유시인들은 그런 명칭을 훨씬 능가하는 존재들이었으니까. 그 수가 점점 줄어드는 건 고대의 장치가 온통 노화되고 녹슬었기 때문이라는 설명도 덧붙였다. 그때 그들이 익히 아는, 문 두드리는 소리가 들렸다. 슈티에펜이었다. 붉은색과 푸른색의 비스듬한 줄무늬가 있는 봉투들이 그의 손에 들린 걸 보는 순간, 수신자가 자기들이라는 걸 확인하기도 전에 우편물이 왔다는 즐거운 생각이 마음속에 번개처럼 솟구쳤다.

정말로 그들에게 온 편지들이었다. 그러니까 우체국이 그들을 잊지 않고 세상 끝에서 다시 찾아낸 것이었다. 조급한 마음에 그들은 여인숙 주인의 손에서 우편물을 잡아채, 둘 중 누구한테 온 건지 확인하기도 전에 먼저 손에 잡히는 대로 겉봉을 뜯기 시작했다.

"맥스, 이것 봐!" 신문에서 오려낸 기사들을 윌리가 커다란 봉투에서 꺼내며 다급히 말했다.

"신문이잖아!" 맥스가 다가서며 중얼댔다. "우리 얘기를 하고 있나?"

그들은 편지는 잠시 내버려둔 채 머리를 맞대고 기사의 표제와 소제목들을 단숨에 읽어내려갔다. "호메로스의 수수께끼는 종말을 고할 것인가?" 〈뉴욕 타임스〉와 〈워싱턴 포스트〉 등에서 오려낸 기사도 있었다. "호메로스 시의 마지막 발생지라 여겨지는 땅에서의 기이한 모험……"

"세계 방방곡곡에 이제 우리 일을 모르는 사람이 없군." 윌리가 말했다.

그들은 그 모두를 여러 번 되풀이해 읽었다. 호의적인 내용이 있는가 하면, 전혀 그렇지 않은 것들도 있었다. 그들이 슬그머니 뉴욕을 떠난 걸 두고, 돈키호테와 산초 판사가 마을을 떠나 바야흐로 희비극적인 모험을 시작하게 된 그 아침에 비유한 글도 있었다. 누가 기사고 누가 종자인지는 명시되지 않았지만.

여인숙은 저만의 고유한 삶을 살고 있었다. 그들이 간간이 휴식 시간에만 주목했기에 한층 낯설고 이해 불가능해 보이는 삶이기도 했다. 아래층의 넓은 공용 객실에서 벌어지는 사건들은 소리 죽인 속삭임처럼 늘 신비의 베일에 싸여 있었다. 알바니아 산사람들은 진중한 성격이어서 말을 많이 하거나 큰 소리로 웃는 걸 왠지 꺼려했다. 거의 눈에 띄지도 않는 그들은 새벽녘이면 그림자처럼 모두 사라져버렸다.

마르틴은 때때로 그들에게 여인숙에서 일어나는 일들을 이야기해주었다. 어느 저녁엔 흉악범처럼 보이는 사람들 무리가 왔는데 누군가의 뒤를 쫓고 있는 것 같았다고 했다. 한데 그들이 떠나고 잠시 뒤 왕의 근위대가 모습을 드러내는가 싶더니 곧이어 도망자 본인이 나타났다고! 도무지 이해할 수 없는 일이었다고.

한번은 '검은 계곡'의 산사람들이 한 병자를 수도로 이송하던 중 묵을 곳을 청했다. 새벽에 두 아일랜드인이 커피를 마시러 내려왔을 때 그 병자는 들것에 누운 채 아직 그곳에 있었다. 얼굴이 마치 가면을 쓴 듯했다. 환자가 무슨 병에 걸린 건지 그들이 묻자, 마르틴은 그들을 안심시키려 하면서 전염병은 아니라고 대답했다.

"그의 그림자가 갇힌 건 아닌지 걱정하고들 있어요." 마르틴이 설명했다. "그게 사실이면 수도까지 데려갈 필요도 없겠지만

요. 회복될 가망이 없을 테니까요."

"그게 무슨 말이죠?" 맥스가 물었다. "그림자가 갇히다니, 무슨 뜻인지?"

마르틴이 설명을 시도했다. 그건 살아날 가망이 없는 병이라고. 그 환자는 석수였는데 무슨 탑을 쌓던 중 동료 한 명이 고의로든 아니든 그의 그림자를 가둬버렸다는 말이었다. 건축물 벽에 드리운 그의 그림자를 건축용 돌과 회반죽으로 덮어버린 것이다. 산사람인 석수들은 보통 자신들의 그림자가 갇히지 않도록 몹시 조심한다는 것. 그림자가 벽 속에 갇히면 실제 자신도 벽에 갇힌 셈이고 결국 죽을 수밖에 없다는 걸 모르는 사람이 없었다. 하지만 들리는 말로는, 문제의 산사람은 초보자라 경험이 부족했던 것이다.

"그렇게 된 겁니다." 마르틴이 이야기를 마쳤다. "고의로든 아니든 누가 그의 생명을 앗아간 거죠. 정말 안됐어요. 스무 살도 안 됐거든요!"

두 아일랜드인은 눈길을 주고받았다.

"그렇다고 저이가 정말로 그 때문에 병이 난 건 아니겠죠?" 윌리가 물었다. "마르틴도 그저 추측일 뿐이라고 한 것처럼……"

"물론 추측일 뿐이에요! 그게 아니면 수도까지 그를 데려가는 수고를 할 필요도 없을 테니까요."

묘한 느낌이군! 방으로 돌아오자 윌리가 마음을 털어놓았다. 아주 오래된 질환인 게지, 아니, 정확히는 그 질환에 대한 아주 오래된 설명…… 머리카락이 곤두서는걸!

늦은 오후, 스러져가는 마지막 햇빛 속에 녹음기의 금속 커버가 불길한 반사광을 발했다. 그들은 시선을 다른 데로 돌리려 애썼다. 하지만 마음속 깊은 곳을 잠식해들어가는 근심, 죽음으로도 논리로도 설명할 수 없는 막연하고도 모호한 불안이 바로 그것 때문임을 스스로 인정하지는 않았어도 분명 느끼고 있었다.

어느 토요일, 그들이 아침 산책을 나갔다 돌아오는데, 마당에서 말의 편자를 떼어내고 있던 마르틴이 다짜고짜 말했다. 한 낯선 사람이 여인숙 안에서 그들을 기다리고 있다고.

키가 크고 수도승 같은 옷차림을 한, 붉고 동그란 얼굴이 촌부처럼 보이는 남자였다. 눈매를 싸고 도는 만개한 미소에서 한줄기 수상쩍은 광채가 번득이지 않았다면 호인으로 보였을 얼굴. 마르틴의 말로는, 남자는 영어와 알바니아어, 세르비아-크로아티아어를 할 줄 알았다.

"이곳을 지나다가 두 분에 대해, 또 두 분이 시작하신 일에 대해 사람들이 하는 이야기를 들었습니다." 남자는 두 외국인에게 차례로 미소를 지어 보이며 말했다. "정말이지 굉장한 시도입니다. 두 분을 꼭 만나뵙고 싶었어요. 저는 세르비아인이고, 대주교구 페자에서 왔습니다. 여기서 먼 곳이죠. 업무차, 그러니까 수도승의 일을 보러 슈코드라에 가던 길이었답니다!"

"그러시군요." 맥스가 무덤덤한 목소리로 말했다.

"네, 말씀드리자면 저 역시 옛 서사시 수집에 가끔 몰두했거든요." 상대가 말을 이었다. "물론 제 능력껏, 여가 시간에 하는 일이었지만요. 우리 같은 수도승들도 때론 이런 유의 일들에 관심을 가지죠. 물론 아마추어인지라 학문적인 차원의 연구와는 거리가 멀죠. 고립된 삶을 사는 가엾은 수도승이니 어쩌겠어요? 바깥세상과 단절된 완전한 고독의 삶, 그게 바로 저희의 운명이죠…… 솔직히 말씀드려, 두 분 같은 사람들을 만나기를 늘 꿈꾸어왔어요. 고대 서사시에 대해 이야기를 나눌 수 있기를요. 하지만 틀림없이 몹시 바쁘신 분들일 테니 시간이 너무도 소중하겠죠?"

"아니, 아닙니다." 윌리가 말했다. "저희도 수사님과 이런 얘길 하는 게 즐겁네요. 저희가 수천 킬로미터를 달려온 것도 바로 이런 만남을 위해서였어요."

"게다가 유익한 만남이 될 수도 있겠죠." 맥스는 이렇게 덧붙이며 그에게 앉으라고 권했고, 좀전의 심드렁했던 태도를 마음속으로 뉘우쳤다. "뭐 좀 드시겠어요?"

"고맙습니다. 제가 한잔 내지요. 이 고장 사람은 아니지만, 그래도 이웃이에요. 여기서 멀지 않은 곳에 사니까요."

"페자라면 코소보, 그러니까 유고슬라비아에 있죠?" 윌리가 물었다.

"네, 그렇습니다."

그들은 라키를 한 잔씩 주문했다. 슈티에펜이 새로 온 손님을 곁눈질하며 술을 가져다주었다.

조금 지나자 대화가 활기를 띠었으며, 그들은 한결 훈훈한 분위기에서 친구 사이처럼 이야기를 나누었다. 두 외국인의 말에 귀기울이던 수도승은 고개를 끄덕이며 경탄의 마음을 감추지 않았다. "이 모든 걸 눈앞에 두고도 우린 보지 못하는 거군요…… 구제불능의 무지한 수도승들이에요! 정말 슬픈 일이죠!"

라키를 두 잔째 들고 나자 수도승의 눈이 가늘어지면서 한층 날카로운 빛을 발했다.

"그건 그렇고, 알바니아 담시에만 관심이 있나요? 두 분도 저처럼 잘 아시겠지만, 서사시는 다른 언어, 그러니까 세르비아-크로아티아어로도 존재하니까요."

"실은," 맥스가 말했다. "무훈시가 두 언어로 존재한다는 걸 모르는 바는 아닙니다. 하지만 지금 당장은 이곳 버전만 다루고 있죠."

"그건 왜죠? 감히 이런 질문을 드려도 될지 모르겠습니다만."

두 아일랜드인 사이에 짧게 시선이 오갔다.

미소가 완전히 사라지진 않은 수도승의 얼굴이 일그러지기 시작했다. 미소가 그렇게 원래의 결을 유지하면서도 완전히 탈바꿈하는 걸 그들은 일찍이 본 적이 없었다. 그런 모순적인 외관 탓에 수도승은 한층 악의적으로 비쳤다.

"우린 연구하는 사람들입니다." 윌리가 말했다. "어떤 식으로든 지역분쟁에…… 그러니까 발칸반도의 분쟁에 개입하고 싶은 생각은 추호도 없어요."

분쟁에는 절대로 끼어들지 마십시오, 라고 티라나 주재 미국 영사는 그들과 함께한 단 한 번의 면담에서 충고했었다. 이곳에선 별것 아닌 의견 대립도 무력 충돌로 이어지기 십상이거든요. 특히 서사시의 기원이나 원작자가 문제시될 때 그렇죠. 두 진영 모두 그걸 국가적 차원의 중대사로 취급하니까요. 민족의 뿌리라든지 코소보에 대한 역사적 주권, 작금의 정치 동맹들과 마찬가지로 말입니다.

영사는 알바니아와 유고슬라비아 신문을 그들에게 잔뜩 보여주더니, 양쪽 신문에서 발췌한 내용을 웃는 낯으로 번역해 들려주며 발칸반도 국가들에서 벌어지고 있는 논쟁의 양상을 이해시키고자 했다. 양 진영이 상상 가능한 온갖 욕설을 서로에게 내뱉어놓은 가운데, 세르비아 신문은 유럽의 안녕을 위해선 알바니아가 이 대륙 지도에서 삭제되어야 한다는 기사까지 썼다. 알바니아 신문도 뒤질세라 그에 맞서, 각기 '뱀'과 '독수리'에서 유래한 이름을 지닌 두 국민 간의 대화가 더는 불가능함을 확인하며 논쟁을 일단락지었다.

침묵이 자리잡자 맥스는 한마디 의견을 내려다 말고 양팔을 벌려 보이며 말했다.

"저희를 이해해주셨으면 해요. 수사님이시니 더더욱……"

"그럼요, 물론이죠, 물론입니다……" 수도승이 대답했다. 그는 애초에 머금었던 미소의 조각들을 순식간에 끼워맞춰 다시 얼굴에 가져다 붙였다. 그리고 선량한 목소리로 말을 이었다. "그런 건 중요하지 않아요. 무지한 수도승에 불과한 저로선, 이렇게 서로 생각을 교환할 수 있는 것만으로도 큰 영광입니다. 이렇게 말씀드려도 좋을지 모르지만, 제가 이런 일에 열의를 보이는 걸 이해해주세요. 제가 세르비아인인지라 우리 국민 편에 서게 되는 걸 용서해주시리라 믿습니다. 특히 이곳 발칸국에선 불가피한 일이죠. 제 반응을 부디 나쁜 의미로 해석하지 말아주셨으면 합니다."

"물론입니다, 그렇고말고요!" 둘이 한소리로 답했다. "그런 태도야 이해가 가고도 남습니다. 발칸국들만의 문제도 아니고요."

잠깐 사이 흐른 침묵은 이미 시시각각 깨어질 태세였다.

"제가 납득한 대로라면, 두 분께선 이 서사시 연구를 통해 호메로스가 누구였는지 밝히시려는 거죠?"

맥스가 고개를 끄덕였다.

"그렇다면 알바니아 서사시와 알바니아인 모두에게 간접적으로 영광을 돌리는 셈이 아닐까요?"

"분명 그렇겠죠."

그러자 수도승은 더 활짝 웃어 보였다. 이제는 근본적으로 선량하며 유쾌하기까지 한 남자의 얼굴이었다.

"솔직히 말해 그들이 정말 부럽군요. 우리 민족도 그런 영광을 누릴 수 있었다면 좋았겠지만, 어쩔 수 없는 일이죠."

"맞아요, 어쩔 수 없는 일이죠." 두 아일랜드인이 차례로 되뇌었다.

수도승이 수도복 호주머니에서 회중시계를 꺼내들었다.

"저런, 어느새 시간이 이렇게 됐네요. 이제 가봐야겠어요…… 언제라도 두 분의 좋은 소식을 들을 수 있으면 좋겠습니다."

그는 서둘러 자리를 떴다. 방으로 돌아온 두 사람은 창밖으로 그가 말에 올라 지체 없이 떠나는 모습을 보았다. 멀리서 말을 타고 달려가는 그의 모습이 납덩이처럼 무거워 보였다.

X

어떤 날이면 그들은 마침내 엄청난 시의 세계를 통제하며 가장 오래된 것들까지 최대한 아우르게 되었다는 느낌을 받았다. 하지만 그건 환상에 불과하다는 사실을 곧 깨달았다. 다음날 아침엔 서사시의 윤곽이 흐려지고 요동치다 다시 사라져버렸으니 말이다. 이런 현상은 그 언저리에서 시작되어 여러 다른 부위로, 중심부까지 확산되었다. 그걸 일목요연하게 파악하기란 생각조차 할 수 없는 일처럼 보였다. 사건과 인물이 악몽에서처럼 불안정한 형태로 나타나는 혼돈을 통제하려는 거나 다름없었다.

위대한 서사시는 무슨 재난의 희생물이 아니었나 싶었다. 끔찍한 균열에 의해 사방으로 찢기고 그 면면이 충격으로 산산조각나 있었다. 그 잔해의 흙먼지 속에서 주인공들은 피투성이 모습을 드러냈고, 그들의 다양한 얼굴은 형언할 수 없는 공포를 자아냈다.

언제 그 불행한 사건이 일어난 걸까? 서사시는 그 불행으로 인해 온전함을 잃게 된 걸까, 아니면 그렇게 줄곧 모호한 시의 형태로 남아 응축될 시간을 기다리고 있었던 걸까? 그들이 수십 번 묻고 또 물었던 이 질문들은 이제 호메로스 시들의 기원과도 일맥상통했다. 이 시들 역시 처음엔 다듬어지지 않은 일종의 시적 소재였다면, 그것들에 질서와 규칙을 부여한 호메로스의 업적이 명백히 드러나는 셈이었다. 작품의 저자임을 부인함으로써 그를 깎아내리는 거라 믿는다면 오산이다. 사실 그의 경우엔 편집자로서의 명예가 음유시인의 명예를 능가한다고 할 만하다.

그들은 이런 생각들을 토의하며 호메로스의 입장에서, 즉 책도 자료 카드도 녹음기도 없었던 환경에서 생각해보려고 애썼다. 심지어 그는 눈도 보이지 않았다! 맙소사, 모든 게 결핍된 상태로 「일리아드」 이야기를, 아니, 「전前 일리아드」를 수집해 『일리아드』라는 작품으로 변모시켜놓다니! 그들은 생각했다. 어떻게 그럴 수 있었을까? 그들은 진실에 거의 다가섰다는 느낌이 들다가도 곧이어 진실로부터 까마득히 멀어졌음을 깨닫곤 했다. 시야가 환해지는가 싶었는데 곧 수수께끼의 베일로 도로 뒤덮였다. 수면으로 올라와 숨을 들이마신 뒤 다시 물속 깊은 곳으로 내려가는 잠수부처럼 끊임없는 왕복운동에 이끌려, 그들도 우리 시대를 향해 올라오다 또다시 심연 속으로 침잠했다.

이 모두가 호메로스는 누구였는가 하는 질문과 밀접히 연관되어 있었다. 천재 시인이었을까, 아니면 뛰어난 편집자, 순응적인 사상가, 반체제인사, 혹은 공상가였을까? 당대의 편집자였을 수도 있고, 올림포스 신들의 세계를 세속적으로 기록한 역사가였을 수도, 공식적인 대변인(『일리아드』의 몇몇 구절은 기자회견과 매우 유사하다), 혹은 무슨 우두머리였을 수도 있지 않을까? 모든 우두머리가 그렇듯, 그 역시 수많은 종복을 거느리고 있었을지도? 아니면 앞서 말한 그 무엇도 아닌, 어쩌면 일개 개인이 아닌 무슨 기관은 아니었을까? 이니셜로 이루어진 그의 이름을 H.O.M.E.R.O.S라고 써야 하는 건 아닐까?……

일부 가정은 미소를 자아냈지만, 그래도 그들은 또다른 가정을 찾는 일을 그만두지 않았다. 황당무계한 가정일지언정 그것들은 흩어진 진리의 재를 담고 있는 항아리였다. 호메로스가 심각한 신체적 불구로 고통을 겪었다면 그 정체는 실명보다 난청이었음이 분명했다. 수만 편의 육각시를 듣느라 야기된 난청이 아닐까? 정말이지 난청이야말로 그에게 딱 들어맞았다. 실명은 후대에 이르러 책이 발명되며 생겨난 것이다. 어쨌거나 수많은 조각상이 그를 이렇게 맹인으로 묘사한다. 하기야 난청을 대리석에 조각해넣기란 어려운 일이 아닐까? 이런 난관에 봉착한 조각가가 모종의 불구를 다른 형태의 불구로 바꾸어놓은 건 아닐까? 따지고 보면 눈과 귀는 인간을 특징짓는 가장 분명한 신체 기관으로서 항상 서로 연결되어 있는 게 아닐까?

"이러다간 우리가 언젠가 눈뜬 장님이 될 수도 있겠어!" 어느 날 윌리가 주의를 환기시켰다.

맥스가 그를 몰래 훔쳐보았다. 윌리의 말에서 그가 주목한 건, 그들이 '제대로 이해 못할 수도 있다'는 의미가 아니라 '장님'이라는 말이었다. 사실 윌리의 시력이 나빠지자 맥스는 기회가 닿는 대로 시장에게 안과의를 찾도록 도와달라는 부탁을 할 작정이었다. N시에는 안과의가 없으니 티라나까지 가야 할 판이었다. 호메로스와 관련된 온갖 추측이 난무하는 가운데서도, 최근에 맥스는 그가 맹인이었는지 하는 문제만은 어떻게든 피하려고 했었다.

'대재앙'(이제 그들은 이 단어를 고유명사처럼 사용했다)이 있기 전의 서사시는 다른 구조였으리라는 생각이 끊임없이 그들 머릿속에서 맴돌았다. 실제로 재앙이 있었다면 아마도 터키와의 대치 시기였을 것이다. 기독교 유럽과 이슬람 세계 간의 충돌은 다른 어느 곳보다 알바니아에서 심각하게 감지되었다. 그곳에선 모든 게 흔들리고 손상되고 균형을 잃었다. 서사시 역시 당시 알바니아인들과 운명을 같이한 것이다. 속속들이 잔해로 뒤덮인 서사시에 결국 금지령이 내려졌다. 그 전수자인 음유시인들은 산속으로 피신하면서 나머지 세계와의 연결고리를 모조리 상실했다. 보존이 어려워진 서사시는 내밀한 세계의 모든 것이 그러하듯 변형을 맞지 않을 수 없었다. 서사시가 파편화되고 무수한 변이를 겪음으로써 불안정하고 불가해한 양상을 띠게 되는 것도 아마 그 때문이다.

두 사람의 생각으로는, 호메로스의 『일리아드』도 훗날 출판의 형식을 빌려 고정되지 않았다면 분명 해체되었을 테고, 나중에 재응축 과정을 거쳐 새로운 실체를 이루었을 것이었다. 이런 유의 서사시들이 형성되고 해체되는 순환 과정은, 우주의 먼지로부터 출발한 다양한 세계가 창조되고 붕괴되고 재창조되는 순환 과정과도 닮은 데가 있었다.

날이 갈수록 두 사람에게 서사시는 신비로운 힘들의 영향을 받는 일종의 시의 은하계처럼 비쳤다. 아마도 음유시인들은 그 중심에서 전달되는 비밀스러운 지령들에 복종함으로써 자신들의 자유, 변화의 욕구, 반항 정신을 억제했을 터였다. 이런 관점에서 바라보면 그들 모두가 왜 그처럼 괴짜로 보이는지 설명이 될 듯했다. 그들 시선에 담긴 멍한 빛도 그렇고, 인간의 소리라 할 수 없는 목소리 역시. 별들 사이를 오래 방황함으로써만 얻어

질 수 있는 매끄러운 목소리.

서사시는 그처럼 분산된 형태로밖에는 존재할 수 없는 거라고, 그들은 여전히 생각하곤 했다. 그 조각들을 끼워맞추면서 자신들은 순리를 거스르는 짓을 하는 거라고. 서사시는 본질적으로 무슨 시라기보다 중세 수도회 같은 게 아닐까 하는 생각도 들었다. 그 구성원인 음유시인들이 노래를 제의로 바꾸어 전례와 엄격한 의전의 형식으로 사방에 퍼뜨린 것이 아닐까. 국가적 차원의 대大유언이라 해도 과언이 아니었다. 예로부터 내려오는 전언 중에 이 전언, 즉 서사시야말로 그들 국가가 두 동강 날 것임을 미리부터 감지하고 슬퍼함으로써 알바니아인들에게 첫번째 계명으로 분명 자리매김한 것이다. 근 천 년에 걸친 그 긴긴 애도도, 고풍스러운 끈질긴 반복이 자아내는 단조로운 흐느낌 같은 경고도, 이런 식으로 설명될 수 있었다.

이처럼 다양한 면모를 지닌 연구 주제들을 어찌나 열심히 파고들었던지, 그들은 꿈속에서도 생각을 멈추지 않았다. 그러다 보니 꿈속에서 나타나는 것들이, 자신들이 읽거나 들으며 생각하는 것들과 별반 다르지 않다는 묘한 느낌이 들기도 했다. 실제로 서사시의 행들에서도 유사한 뒤섞임이 존재했다. 그 안에서 착란에 빠진 지형도를 따라 공간이 펼쳐지는 동안, 시간의 흐름은 또다른 법칙에 복종했다. 수백 년에 걸쳐 줄거리가 이어지면서, 주인공들은 죽거나 아니면 마법에 걸려 깊은 잠에 빠져 있다 깨어나 비몽사몽 상태로 다시 교전을 벌였다. 두 전쟁의 막간에 그들은 결혼을 했고, 잠시 무덤에 들어가 휴식을 취했다(맙소사, 거기서 여름휴가를 보내는 거로군! 윌리는 어느 날 탄성을 터뜨렸다). 그런 다음 몸을 일으켜 자신들의 불길한 운명 속으로 다시 뛰어드는 식으로, 이야기가 계속 이어졌다. 이것이 바로 회오리바람처럼 모든 걸 쓸어간 천 년에 걸친 충돌의 모습이다. "칠백 년에 걸쳐 내가 네 자손을 멸하리라"고 무이는 슬라브인 적수의 장모를 저주했다. 이름이 모두 오메르였던 그의 일곱 아들은 세르비아인 라도의 손에 죽음을 당해 하나같이 '저주받은 산정'에 묻혔다.

때로 서사시에선 시간이 번개처럼 흘러, 세상의 종말로 예견되었던 그 모든 일이 그대로 닥치기도 한다. 그런가 하면 시간이 갑작스레 졸음에 빠진다든지 느려지는 경우도 있다. 십 년이 걸려 치유되는 상처도 있고, 길 위에서 얼어붙은 결혼식 행렬도 있다. 행렬은 얼마 지나서야 녹기 시작해 신랑의 집으로 다시 출발하는데, 그곳에선 여러 해가 지났음에도 마치 첫날처럼 행렬의 도착을 기다리고 있는 것이다.

유럽의 서사시는 물론 아이슬란드의 영웅담에서도 그들은 시간이 이렇게 사용되는 걸 본 적이 없었다.

3월이 닥쳤지만 2월이나 다름없이 음산한 날들이 이어졌다. 두 아일랜드인은 초조함을 떨치지 못한 채 날이 풀리기를 기다렸다. 그렇게 따스한 날들이 시작되면 서사시의 기후로부터 멀어지는 건 아닌지 간혹 걱정되기도 했다. 그들이 별생각 없이 확인한 바로는, 서사시의 날씨는 늘 겨울이었다. 알바니아 같은 지중해 연안국이 반짝이는 눈과 얼음, 삭풍의 기후를 생성한다는 게 얼핏 보아선 놀라웠다. 서사시 전체가 얼어붙어 삐걱대는 듯싶었다. 쌓인 눈 밑의 진흙이 결코 모습을 드러내는 일 없는 찬란한 추위였다. 주인공들을 긴 동면에 빠뜨렸다가 다시 깨어나게 하려고 일부러 마련된 배경이라는 생각이 들기도 했다. 약 2천 미터 고도에서 탄생한 서사시라면 그런 기후인 게 처음엔 당연해 보였다. 하지만 좀더 자세히 들여다보면 2천 미터를 훨씬 웃도는 고도의 상황에서 시가 전개됨을 알 수 있었다. 4천 내지 5천 미터 고도의 공간에서, 심지어 하늘과 맞닿은 땅에서 줄거리가 전개되고 있다고 자신 있게 주장해도 좋았다.

두 사람은 녹음 작업을 더 시도했고, 몇몇은 상태가 아주 좋아서 또 한번 만족했다. 작업은 순조롭게 진행되었다. 대략적인 줄거리가 고대 그리스 서사시와 일치하는 경우를 모아 목록을 완성할 수 있었다. 아트레우스와 오디세우스의 계보 외에도 키르케와 나우시카, 메데이아의 테마, 그리고 알바니아인들이 오라와 자나라 부르는 복수의 여신과 에우메니데스의 테마도 찾아낼 수 있었다. 그들은 음유시인들의 섭식이나 그들이 섭취하는 인燐의 양 따위의 세부 사항을 파고들며 망각이라는 주제에 새롭게 몰두했다(이상한 일이지만, 산사람들은 기억력을 촉진시키는 인 성분이 든 음식은 물론 생선도 거의 먹지 않았다. 그들에게 그런 음식을 권하면 단호한 반응을 보였으리라. 기억을 극도로 흥분시키거나 뿌리째 뽑아내는 마법의 약이라 평하면서). 게다가 두 사람은 일주일 전에 살인—'보복 살인'이었다—을 저지른 것으로 추정되는 한 음유시인의 노래를 녹음할 기회를 얻기도 했는데, 그 살인 행위가 시의 내용에 영향을 미친 흔적은 전혀 찾아낼 수 없었다.

이 모든 혼란으로 갈피를 잡을 수 없는 와중에도 그들은 서사시가 녹음기 릴에 차례로 감겨 자기테이프에 조금씩 저장되고 있다는 느낌을 받았다. 아침이면 눈을 뜨기 무섭게 은은한 빛을 발하는 녹음기 커버로 저절로 시선이 향했다. 그들은 이 기계의 발명이야말로 진정한 기적이라고 되뇌곤 했다. 호메로스의 수수께끼를 풀려면 이 기계의 발명을 기다리지 않으면 안 되었다는 듯이.

이런 생각이 그들의 신념을 북돋워주고 의심을 사라지게 했다. 그들에게 이 녹음기가 없었다면 좌절의 순간마다 자신들보다 앞서 호메로스를 연구한 이들을 떠올렸을 것이다. 그들처럼 비밀을 알아내려 애쓰다 포기한 이들, 자신들이 품은 애초의 열의를 비웃었던 이들이었다. 스스로뿐 아니라, 자신들의 헛된 시도를 되풀이하게 될 이들 모두를 조롱하고 빈정댔던 이들. 그런데 이 기계 덕에 그들은 이 모든 조롱을 모면케 된 것이다. 앞서 이 일을 했던 이들도 이런 장비를 갖출 수만 있었다면 벌써 오래전에 호메로스의 수수께끼를 풀었을 거라 생각하며 그들은 오히려 흡족해했다. 시간이 그들의 손에 성공의 열쇠를 쥐여준 건 행운이었고, 그들은 단지 그 명령을 따랐을 뿐이었다.

한번은 밤에 녹음기가 고장난 줄 알고 끔찍한 좌절에 빠졌다. 한밤중에 그들이 녹음한 내용을 듣고 있는데 갑자기 소리가 팽창하더니 뇌졸중 환자의 목소리처럼 느리고 걸쭉해졌다. 두 사람은 밀랍처럼 창백한 낯빛이 되었다. 가까운 혈육 한 명이 눈앞에서 인사불성이 됐다 한들 그렇게까지 당황하지는 않았으리라. 그들은 냉정을 잃고 어쩔 줄 모르고 갈팡대면서 사용 설명서를 폈다 접었다를 반복했는데, 그러다 맥스가 배터리 상태를 확인해보자는 생각을 했다. 다행이었다! 배터리가 다 닳았다는 사실을 확인하고서야 그들은 안도의 한숨을 내쉬었다.

그러나 길게 늘어지는 녹음기 소리가 야기한 불안이 마음속에 들러붙어 떠날 줄 몰랐다. 서사시라는 장치도 모두 그런 식으로

늙어, 그 소리 역시 임종의 단말마처럼 희미하게 들릴 따름이었다. 1878년에 가까스로 열두 행을, 1913년엔 겨우 네댓 행을 만들어내는 데 그쳤으니까. 그것도 최악의 정신착란 상태에서 내뱉은 소리인 양 고통스럽게 들렸다. 이제 서사시는 혼수상태에 빠져 있었고, 차디찬 죽음의 손에 붙들려 영원히 얼어붙기 전에 다소라도 정신을 차리고 한 번 더 무슨 말을 지껄여대기란 쉽지 않았다.

어느 밤 그들은 산 정상에서 들려오는 천둥소리를 녹음했으며 또 한번은 윙윙대는 바람소리를 녹음했다. 훗날 자신들이 맨해튼에서 연구를 이어가는 밤시간에 이 소리가 적절한 분위기를 다시 만들어줄 거라 믿으면서.

어느 날 마르틴이 그들에게 세르비아 수도승이 인근 지대를 배회한다고 말해주었지만, 그들은 누굴 두고 하는 말인지 제대로 생각해내지 못했다.

"'은자의 동굴'이라고도 불리는 '올빼미 동굴'과 관련해 오늘 제가 감시한 결과의 요지를 보고하기에 앞서 시장님의 주의를 요하고 싶은 사실이 있습니다. 2월 1일자 제 보고서에서, 슈코드라로 가던 세르비아 수도승 두샨이라는 자가 '물소뼈 여인숙'에서 반나절을 머물며 두 아일랜드인과 나눈 대화에 대해 언급했었죠. 시장님께 그 일을 환기해드리는 데는 이유가 있습니다. '올빼미 동굴'에서 제가 오늘 들은 대화로 치면, 그들 간에 오간 일전의 면담과 연관 지을 때 훨씬 납득하기 쉬우리라 사료되어서입니다. 그건 그렇고, 오늘 이 대화를 보고하기에 앞서 시장님께 미리 귀띔해드리고 싶은 게 있습니다. (제 부족한 역량이나 작업상의 결함을 변명할 생각은 추호도 없습니다.) 단도직입적으로 말씀드리면, 앞서 언급한 면담은 정상적인 개인 사이에 오간 대화라기보다는 두 정신병자의 헛소리에 가까웠습니다. 이런 경우엔 대화의 내용을 전달하기가 몹시 어렵다는 건 시장님께서도 쉽사리 짐작하실 수 있겠지요……"

귀신같은 놈이야! 시장이 이렇게 생각하며 커피 잔을 들어올리자 둘 바자야의 보고서 위, 잔이 놓였던 자리에 인장과도 흡사한 동그란 자국이 생겼다. 세상에 둘도 없는 놈!

조금 더 읽어내려가자, 정보원은 시장님께 확신에 찬 어조로 말했다. 자신은 언제나 청각 상태를 세심히 체크하고 있으며, 원칙대로 이 주 전에 받은 검사는 건강검진 결과와 마찬가지로 자신의 청각이 나무랄 데 없는 상태임을 증명해주었다고. 뿐만 아니라 자신은 좋은 기억력을 유지하기 위해 식이요법을 철저히 따르고 있으며 술도 마시지 않는다는 말도 덧붙였다. 의사의 처방대로 하루 세 번 딱총나무 열매즙을 마시는 것 외에도(사실 그가 더 먹고 싶은 음식은 따로 있었음에도) 신체 기관에 필요한 인을 적당히 섭취하기 위해 일정량의 생선을 규칙적으로 섭취한다고도 했다. 그는 시장에게 한 번 더 양해를 구하면서, 이런 말을 하는 건 출세주의의 부추김을 받아서도, 더 나은 대접을 받기 위해서도 아님을 분명히 했다. 그는 자신이 제공하는 정보의 신뢰성을 확보하고 싶을 따름이며, 오로지 맡은 임무를 완수하겠다는 생각밖에 없음을 밝혔다. 이 보고의 진실성을 두고 일말의 의혹이라도 생겨날 경우, 두 용의자에 대한 차후 감시에 악영향을 미칠 수 있기 때문이었다.

거참! 시장은 보고서 위에 또다시 인장을 남긴 커피 잔을 입으로 가져가며 생각했다. 수사학이든 법학이든 그 비슷한 학문을 스무 해쯤 연구한다 해도 이런 달변에 도달할 수는 없을 거라고.

자, 이제 그만 좀 하고 문제의 핵심으로 들어가자고. 긴 서두에 결국 진력이 나버린 듯 시장이 중얼댔다. 그러나 정보원이 짐작 못하는 바 아니었다. 시장이 그의 보고서를 읽으며 주로 만족을 얻는 건 바로 이런 도입부를 읽을 때라는 걸. "됐어, 그만 좀 하라고……"라고 시장이 말하면서 첩자가 알아낸 사실을 어서 들었으면 하는 건, 그런 다음 느긋하게 도입부를 다시 읽기 위해서라는 걸.

더 읽어내려가자 둘 바자야는 3월 5일의 일을 보고하고 있었다. 그는 세르비아 수도승 두샨이 여인숙 주변을 배회하는 걸 보았는데, 수도승이 두 외국인을 만나려 하기는커녕 오히려 피한다는 인상을 받고 놀랐다는 것. 수도승은 둘 바자야의 예상과 딴판으로 여인숙에 들러 쉬어 가지도, 가던 길을 계속 가거나 되돌아오지도 않았으므로 정보원의 의심이 커지기만 해서 경계를 한층 강화할 수밖에 없었다는 것. 그렇게 여인숙 뒷마당을 수상쩍게 서성대던 수도승이 갑자기 어딘가로 향했는데(더 놀라운 사실은, 말도 타지 않은 채) 목적지가 어딘지 당최 알 수 없었고, 그렇게 가는 모습이 꼭 평원 한복판에서 헤매는 사람 같았다고. 그걸 보며 정보원은 잠시 망설였다고. 정해진 감시망을 벗어나 목표물을 계속 추적할지, 아니면 지침대로 임무를 완성하기 위해 여인숙으로 돌아와 기다려야 할지를 두고. 이 점에서 정보원은 시장님께 분명히 해둘 것이 있었다. 즉 이 망설임은 개인적 동기로 말미암은 것도, 국가가 정한 법과 규칙에 무슨 비판을 가하려 함도(이는 스스로도 결코 용납할 수 없는 행동이었다) 아니라는 것이었다. 그런 건 절대 아니었다! 이처럼 망설인 데는 단 한 가지 이유밖에 없었으니, 얼마 전 정보원들의 세미나에서도 바로 그 문제에 대한 토론이 오간 터였다. 유능한 첩자라면 감시 대상이 장소를 옮길 경우 자신의 자리를 이탈해 상대를 바짝 추적할 것인가, 아니면 비밀 유지를 위해 예정대로 애초의 감시 장소에 꼼짝 않고 남아 있을 것인가 하는 문제였는데, 결국 아무 결론에도 이르지 못한 채 토론이 다음 기회로 미루어진 것이다. 그의 망설임은 어느 정도 이 논쟁의 반영물이며, 그보다 논쟁이 아무 해결점에도 이르지 못했다는 사실에 기인했는데, 이는 시장님도 짐작하실 줄로 사료된다는 것이었다.

대단한 놈이야! 시장은 책장 가장자리를 손톱으로 눌러 그 문단 전체에 표시를 해두었다.

잇따라 둘 바자야는 들판을 가로질러 수도승을 추적한—물론 미행의 규칙을 빠짐없이 준수하면서—경로를 설명했다. 수도승이 마침내 '올빼미 동굴'로 들어가는 걸 보고 놀라 까무러칠 뻔했다는 사실도. 시장님도 아마 아실 테지만, 은자 프록의 은신처가 된 이후로 최근 들어 '은자의 동굴'이라고 불리게 된 동굴이라고 했다.

두 외국인이 굳이 이 지역에 머무르기를 고집한 걸 봐도 그렇고, 유고슬라비아 출신인 이 세르비아 수도승과 은둔자 프록 사이에 어떤 연관성이 있다는 건 너무도 분명해 보였다고 둘 바자야는 말을 이었다. 정보원은 이 지대를 잘 알고 있었던데다 '올빼미 동굴'에 환기구가 있다는 사실까지 다행히 알고 있었다. 그래서 동굴이 파인 둔덕을 둘러보고는, 굴뚝 관련 분야의 경험을 살려 용의자들의 대화를 빠짐없이 엿듣기에 적합한 곳에 어렵잖게 자리잡았다.

여기서 보고자는 시장님께 이 보고서의 신뢰성을 또 한번 언급하는 것에 양해를 구했다. 즉 자신의 청각과 기억력은 틀림없다는 것. 중언부언으로 시장님의 짜증을 돋울까봐 물론 우려되긴 해도, 양심에 거리낌이 없도록 다음의 사실을 강조하지 않을 수 없다는 것. 요컨대 '올빼미 동굴'에서 들은 대화의 일부는(정확히 말해 첫 부분은) 정신병자들의 횡설수설과 너무 흡사해 그 말을 들은 이의 정신이 건강한지에 대해 얼토당토않은 의심을 불러일으키기에 충분하다는 것이었다.

결국 보고자는 대화의 이 첫 부분을 관심 밖의 것으로 치부해 생략해버림으로써 성가신 오해를 간단히 면할 수도 있었을 터. 그가 환기구 주위에 조금 늦게 도착한 게 사실이고, 따라서 보고서 첫 부분이 불완전할 수밖에 없는 것도 사실이었다. 고로 일을 쉽게 하기 위해 이 부분을 생략할 수도 있었겠지만 그의 직업의식이(그의 시민의식이나, 나아가 조국과 국왕에 대한 충성심까지 언급하진 않더라도) 그런 결심을 용납하지 않았다. 대화의 그 첫 부분이 첫눈에—아니, 처음 들었을 때—아무리 일관성 없고 심지어 미친 소리 같고 편집광의 헛소리와 흡사했어도 그는 다음과 같이 묻지 않을 수 없었다. 정말로 미쳐서 그런 게 아니라면 이 횡설수설은 속임수에 불과하며 실제로는 그들끼리 주고받는 비밀 암호일 수 있지 않을까? 보고자가 이 부분을 최대한 정확히 옮겨놓겠다고 마음먹기에는 이런 의심만으로 족했다.

그가 동굴 환기구 근처에 자리잡고 앉은 순간, 두 용의자 사이에(은자 프록이 주로 말하긴 했지만) 세상의 '눈'이 위치한 장소를 두고 가설이 오갔다. 정보원이 이해한 바로는 두 사람은(특히 은자 프록은 생각을 확실히 밝혔다) 세상엔, 즉 우리 행성엔 생명체 대부분이 그렇듯 눈이 있다고 믿었다. 은자의 생각으로는 한 눈은 대서양에, 요컨대 그린란드와 북해 사이 어디쯤에 있고, 다른 한 눈은 카슈미르의 초원지대 어딘가에 있었다. "두 눈 중 하나는 이제 시력이 몹시 나빠졌지." 은자가 말을 이었다. "따라서 지구가 그 눈을 통해 보면 시야가 뿌예. 하지만 대부분의 사람들이 믿는 것과는 달리, 이처럼 흐려진 눈이 초원에 자리하는 눈이라고 믿어선 안 돼. 사실은 정반대거든. 시력이 약해진 눈은 바닷속에 위치한 눈이고, 흙먼지로 뒤덮인 초원의 눈이 건강한 눈이야. 그렇고말고……"

둘 바자야의 말에 따르면 세르비아 수도승도 대화에 드문드문 끼어들긴 했지만 은자 프록의 단언에 조금이라도 맞서거나 하진 않았다. 그러다 잠시 뒤 프록이 하는 말에 수도승은 좀더 큰 관심을 드러냈다. 프록은 임신한 여자들이 유산하듯 하늘이 유산한 번개를 평범한 번개들과 구별하는 데 요 근래 성공했다고 말했다. 최근엔 총 일곱 개의 번개 중 하나가 살아남지 못했는데, 이처럼 사산된 번개들이 유별나게 많은 혼란의 시기도 있다고.

대화의 첫 부분은 이렇게 흘러갔다. 하지만 그것만으로는 수도승 두샨이 은자를 이미 알고 있었는지 아니면 동굴에서 처음 알게 된 건지, 정보원은 유추해낼 수 없었다. 보고자는 이제 대화의 첫 부분과 전혀 다른 양식의 두번째 부분을 소개하겠다며 시장님께 먼저 양해를 구했다. 둘 사이에 오간 말을 더한층 충실하게 전달할 수 있다고 사료되는 대화 형식으로, 발췌한 내용을 재현할 참이었기 때문이다.

이제 희곡을 쓰려는 거야! 시장은 마음속으로 탄성을 올렸다. 역량이 절대 달리지 않는 놈이야!

둘 바자야의 설명에 따르면, 은자는 세상의 눈에 대해 다시 이야기하기 시작했다. 즉 두 눈 중 하나가 시력 저하로 인해 끝내 실명할 게 분명하므로, 결국 우리 지구는 애꾸눈이 되어버릴 거라는 이야기였다. 은자는 이 현상이 지구 생명체에 초래할 결과를 두고 이야기를 마쳤다. 종내는 남은 눈마저 실명해 지구는 온전히 장님 행성이 되어버릴 터였다. 그때 세르비아 수도승이 끼어들었다.

수도승: 그 두 외국인—아일랜드인이라는 것 같던데—에 대해 하는 말 들었나? 얼마 전부터 '물소뼈 여인숙'에 머무르고 있

는 이들.

은자: 그들 얘긴 듣고 싶지 않군.

수도승: 옳은 말이야. 나 역시 그러니까. 뱀 같은 놈들, 독사들이야!

은자: 그들이 뱀이라고? 웃기는 소리군!

수도승: 나도 처음엔 그들을 보며 그렇게 생각했지. 우습더라고. 하지만 그들이 무슨 목적으로 일하는지 알고는 소름이 끼쳤어. 뱀이라는 말만으론 부족해. 마귀야, 마귀고말고!

은자: 그들이 몰두하는 일이라는 게 뭐지? 무슨 상자 같은 걸 가지고 그 안에다 북에 줄을 감듯 사람의 목소리를 감았다 풀었다 한다던데.

수도승: 맞아. 그게 바로 사탄의 도구야. 그걸 이용해 만인이 보는 앞에서 범죄를 저지르고 있는 거라고. 사람들이 저마다 멍하니 바라보고만 있는 건 재난이 닥치고 있음을 아무도 예감하지 못하기 때문이야. 상자라고 했나? 나라면 관이라 부르겠어. 아니, 그 말 갖고는 모자라. 그보다 더 나쁜, 훨씬 더 나쁜 거야. 그게 상징하는 것에 비하면 죽음마저 감미롭다고 할 수 있으니까.

은자: 그저 커다란 상자에 불과하다고 들었는데……

수도승: 커다란 상자라고? 그런 끔찍한 물건을 가져오느니 차라리 우리한테 페스트를 옮기거나 교수대나 단두대를 세우는 편

이 낫겠군! 커다란 상자라? 그건 진짜 지옥의 트렁크라고! 사건의 내막을 자세히 설명해주지……

이 부분에서 정보원은 평소의 서술 방식으로 돌아오는 것에 양해를 구했다. 그런 기법상의 이유를 이 자리에서 자세히 논함으로써 존경하옵는 시장님의 심기를 자극하고 싶지는 않다는 설명과 함께.

그러니까 수도승은 은자 프록에게, 어째서 두 외국인이 나쁜 인간들이며 이 상자('녹음기'라고도 불리는 이 기계)가 왜 그토록 끔찍한 것인지 해명을 시도했다. "불길한 도구야." 그가 말을 이었다. "물이 마르고 초목이 시들게 하는 마녀보다 더 해로운 존재지. 마녀는 물과 초목을 마르게 할지 모르지만 그 상자는 옛 노래들을 가두어 그 안에 압축시켜놓거든. 목소리를 가두면 노래가 어떻게 될지는 뻔한 일이야. 사람의 그림자를 가두어놓는 거나 마찬가지여서 결국 기력을 잃고 죽게 될 테지. 사실 나와는 별 상관 없는 일이긴 해. 난 외국인에 불과하고 내 나라와 노래들은 멀고 안전한 곳에 있으니 말이야. 이곳 사람들을 위해 안타까운 심정에 하는 얘기지. 그들이 이 기계를 가지고 당신네들 삶을 망가뜨려놓고 말 거야. 삶의 기쁨을 내포한 그 옛 노래들을 그들이 몽땅 쓸어가버리면 노래를 잃은 당신들은 귀머거리가 될 테지. 나중에 그걸 깨닫는다 해도 그땐 너무 늦고 만 시점일걸.

어느 날 아침 사막 한복판에서 깨어나 양손으로 머리를 감싸쥔다 한들 그사이 마귀 같은 놈들은 줄행랑쳤을 테고. 당신들이 가진 걸 그들이 모조리 훔쳐가 사람들은 침묵 속에 살아갈 수밖에 없게 될 거야. 세세손손 이곳 자손들은 그런 경거망동을 범한 당신네들을 저주할 테지. 내 예측대로 말이야!"

더 내려가자 둘 바자야는 다음과 같이 썼다. 우선 수도승의 말을 경청하던 상대가 몸을 부르르 떤 걸로 미루어 흥분했음을 짐작할 수 있었다고. "분통이 터질 일이군!" 프록이 수도승에게 내뱉었다. "그럼 대체 어쩌면 좋겠나?" 수도승은 대답을 전혀 서두르지 않았다. 행동에 앞서 어떻게 대처해야 할지 깊이 숙고해보라고만 했다. 그러더니 대뜸 늦은 시각이라 어서 가봐야 한다고, 나중에 다시 올 테니 그때 이 모든 문제를 논하자고 했다.

정보원은 보고를 마치며 덧붙였다. 여인숙으로 돌아오는 길에 수도승이 큰길을 따라 멀어져가는 걸 보았다고.

XI

데이지는 눈이 반쯤 감긴 채 자신의 얼굴 바로 옆 흰 베개 위에 놓인 남편의 머리를 어렴풋이 알아보았다. 잠이 덜 깬 상태로 그녀는 생각했다. 일요일이군. 주중의 다른 날엔 잠에서 깨면 그녀 혼자였다. 남편은 아침 일찍 사무실로 출근했으며 일요일에만 그녀처럼 늦잠을 잤다.

그녀는 눈을 크게 뜨고 잠시 남편의 얼굴을 바라보았다. 잠든 그의 표정은 마치 자비를 청하는 남자 같았다. 난방기가 꺼진 것 같아. 그녀는 이불을 어깨까지 끌어올리며 생각했다. 간밤에 방안에 남아 있던 따스함이 이젠 거의 느껴지지 않았다. 유리창에 서린 김도 군데군데 물이 되어 흘러내리는 걸 보면 온기가 사라진 게 분명했다. 올해는 겨울이 쉽사리 물러나려 하지 않았다.

사소하고 때론 부질없는 걱정거리들을 여느 아침처럼 이리저리 들추어보던 데이지의 마음이 이제 두 아일랜드인에게로 옮겨갔다. 그들을 못 본 지 한참이 지난 참이었다. 기세가 도무지 누그러질 줄 모르는 이 겨울에서 시작해 자연스레 그들에게로 생각이 미친 듯했다. 그들이 겨울 끝 무렵에 무얼 한다 했었는데…… 아, 그래, 예상한 대로 기온이 오르면 산 정상을 향해 도보 여행을 떠날 거라 했었지.

더 멀어질 작정이군! 그녀는 왠지 모를 씁쓸한 감정을 느꼈다. 하지만 약간은 창유리에 서린 김처럼 흐려진 감정이기도 했다. 그들이 자신에게 그렇게나 무심하리라고는 전혀 예측하지, 아니, 상상조차 하지 못했다. (이유는 모르지만, 그녀가 주로 생각하는 사람은 여전히 윌리였음에도 이젠 둘을 함께 떠올리며 '그들'이라 불렀다.) 그래도 자존심이 상하지는 않았다. 그녀에게 관심이 없다기보다 서로 볼 수 없기 때문임이 분명했다. 더 자주 방문한다는 게 현실적으로 불가능했으니까. 호메로스라는 자에게 홀딱 빠져 있는 거야. 그녀는 씁쓸한 마음으로 그런 생각을 하며 하마터면 그 늙은이에게 반감을 품을 뻔했다.

그래도 그 아일랜드인들이 자기 이야기를 했으리라는 건 의심의 여지가 없었다. 게다가 일전에 윌리는 그녀와 춤을 추며 두세 차례나 그윽한 눈길을 보내오지 않았던가. 그의 친구가 다소 언

짧은 말을 던지자 윌리는 그녀의 어깨 너머로 그 말에 응수하기까지 했다. 그래, 둘이서 나에 대한 이야기를 했음에 틀림없어, 그녀는 확신했다.

My darling, My lord…… 데이지는 영화를 보다가 머릿속에 입력된 유일한 영어 단어를 떠올리며 깊은 한숨을 내쉬었다. 이 얼어붙은 평원 한복판, 어느 외진 여인숙에서 누가 영어로 자기 이야기를 하고 있다는 생각만으로도 행복감에 잠길 수 있었다.

또 한번 무도회를 열게 될 테고, 뒤이어 이별의 파티가 있겠지. 그녀는 서글픈 심정으로 생각했다. 그녀는 또다시 몽상에 잠길 테고, 잠 못 이루는 시간을 보낼 테고, 그러고 나면 다시 환멸을 맛보게 될 것이다. 그들 부부는 이런 접대를 그만두는 편이 나을 터였다. 왜 그런 혼란에 다시 빠져야 한단 말인가? 왜? 눈에 수심이 가득한 그녀의 입에서 탄식이 새어나왔다.

그러나 잠시 뒤 그녀는 그들을 위해 베풀어진 만찬에 그들과 함께 있었다. 지난번 파티에 모였던 사람들이 모두 와 있었으며, 평소처럼 벽난로에선 불이 활활 타올랐다. 새로운 점이라고는 식탁에 앉는 초대객들의 자리가 바뀌듯, 그들의 말이 뒤바뀌었다는 것이다. 우체국장이 했어야 할 말을 윌리 노턴이 하고 있었고, 다른 초대객들 사이에서도 비슷한 상황이 이미 벌어져 있었다. 그녀 자신마저 비누 공장 사장 부인과 말을 맞바꾼(영광스럽게도!) 참이었다……

머리맡에서 울리는 전화벨소리에 그녀는 잠에서 깨어났다. 이불깃을 머리 위로 끌어올리면서도 침대의 움직임으로 미루어 잠이 아직 덜 갠 남편이 팔을 뻗어 수화기를 들었다는 걸 짐작했다. "여보세요?" 남편이 걸쭉한 목소리로 전화를 받았다. "여보세요, 누구시죠?"

남편의 목소리가 달라지기도 전에 그녀는 그의 몸이 먼저 방전이라도 된 듯 뻣뻣해지는 걸 느꼈다. "말씀하십시오, 장관님. 듣고 있습니다, 장관님." 그가 대사를 읊듯 말했다. "아, 받으셨습니까? 다행입니다, 장관님, 네? 영어를 아는 정보원을 보내기로 하셨다고요? 근사한 소식이군요. 솔직히 말씀드려, 더는 기대하지 않았거든요. 아, 조금도 걱정하지 마십시오, 장관님. 그 얼간이들을 범행 현장에서 붙잡을 테니까요. 당장에 말입니다. 약속드립니다, 장관님."

그가 말하는 동안 데이지는 이불을 젖힌 채 귀기울였다. 영어를 아는 정보원이라니, 대체 누굴까? 그녀는 막연히 생각했다. 남편은 장관과 계속 통화를 했다. 또 한번 그의 입에서 '범행 현장에서 붙잡는다' '얼간이들'이라는 말이 나왔다.

수화기를 놓은 순간 남편의 얼굴이 마치 미소가 흘러넘치는 그릇 같다는 인상을 주었다.

"영어를 이해하는 정보원이라니, 누구죠?" 그녀가 물었다.

"아, 깨어 있었소?" 그가 유쾌한 말투로 받았다. "그래, 잠을 깨지 않을 수 없겠지. 빌어먹을 전화라니!"

"영어를 아는 정보원이라고 했잖아요……" 그녀가 되풀이했다.

"행정 업무상의 문제요. 지긋지긋한 일들이지."

"두 아일랜드인과 관련된 문제죠?"

"응? 그런데 왜 그들 생각을 한 거지? 맞아…… 데이지, 다시 자도록 해요. 괜한 일 가지고 골머리 앓지 말고!"

"그들에게 감시를 붙이려고요?"

남편이 이불 속에서 움찔하는가 싶더니, 침대 밑판 용수철이 한시름 놓은 듯 삐걱거렸다.

"그래서? 그렇다고 하면, 그게 무슨 큰일이라도 되오?"

그녀는 잠시 입을 열지 못했다. 입안에 쓴맛이 감돌았다.

"정직한 행동이 아네요. 만찬에 초대해놓고는, 그다음에……"

"하하!" 그가 웃음을 터뜨렸다. "당신은 언제까지나 어린애로 남을 거야."

그가 팔을 뻗어 얼굴을 쓰다듬으려 하자 그녀는 토라져 머리를 돌려버렸다.

"어쨌거나 난 당신을 있는 그대로 사랑해요."

“날 가만 내버려둬요.” 그녀가 쏘아붙였다. “자게 해줘요.”

그녀는 정말로 잠이 든 척했다. 그러자 그는 잠시 기다렸다가 침대에서 일어나 소리를 내지 않으려 애쓰며 방을 나갔다. 서재로 가서 첩자들에게 전화를 하려는 거겠지, 그녀는 생각했다.

그녀는 첩자들의 누추한 방에서 전화벨이 울리는 광경을 상상했다. 그들이 잠과 술과 타고난 결함 탓에 부어오른 눈을 하고, 방금 전 남편이 그랬듯 수화기를 드는 광경도 머릿속에 그려졌다.

난 저속한 관료의 아내야, 라는 생각이 들었다. 교도소장 아내와 비누 공장 사장 아내를 두고 씁쓸한 마음을 토로했던 건 부질없는 짓이었다. 자신의 남편은 그들의 남편보다 훨씬 추잡한 짓들에 관여하고 있었다. 사실 그녀야말로 불쌍한 여자였다.

그녀는 다시 눈을 떴다. 유리창에 짙게 서린 김이 물이 되어 흘러내리는 모습이 마치 희비극적 가면을 타고 흐르는 눈물 같았다. 누가 그들의 대화를 엿듣게 될 거라 생각하니 그녀는 걱정이 되었다. 그들은 완전히 방심한 채로 덫에 걸리고 말 것이다. ‘얼간이들’이라 했지…… 그들을 그런 식으로 부르다니 불길한 일이었다. 그녀의 할머니 마라의 표현을 빌리면 ‘맹금의 표적’이 되었다고나 할까, 그들은 완전히 길 잃은 신세가 된 것이다. 첩자들은 그들이 그녀에 대해 하는 말 또한 듣게 될 테지. 데이지는 혐오감에 치가 떨렸다. 그들의 추잡한 귀가 자신의 이름을 낚아챌 거라 생각하면! 그녀는 침대에서 신경질적으로 몸을 뒤척였다. 무슨 일이든 해야 해, 라고 마음먹었다. 영화를 볼 때처럼 꿈을 꾸고 있어서는 안 되었다. 결단코 행동에 나서야 했다. 경고해야 한다……

상상 속에서 커튼이 내려진 마차가 달리기 시작했다. 마차 안에서, 얼굴에 검은 베일을 드리우고 있는 여자는 그녀 자신이었다. 맙소사, 영화에서 이미 무수히 보아온 장면…… 불안에 떠는 이 여인을 태운 마차는 '물소뼈 여인숙'을 향해 쉬지 않고 달리고 있었다.

영어를 아는 정보원이 주말에 N시에 도착했다. 시장과 그의 부하 직원 한 명을 제외하고는, 글로브호텔에 묵게 된 이 남자의 진짜 직업을 아무도 몰랐다. 검은 정장 차림에 가느다란 카이젤 수염을 기른 남자였다. 그가 도착하기 무섭게, 수도에서 온 이 방문객을 두고 마을 사람들이 궁금해한 건 당연한 일이었다. 그들은 그럴듯한 설명을 듣고 싶어했다. 모아들인 정보가 성에 차지 않자 잇따른 일주일 내내 그들의 호기심이 커져만 갔음은 두말할 필요도 없다. 골동품과 오래된 교회 문서 수집광이라는 말이 있었고, 양봉가 아니면 산의 공기가 필요한 정신병자라는 말도 있었다. 그가 호텔을 자주 비우는 이유를 다소나마 설명해줄 더 많은 추측이 나왔음직한데, 그 와중에 일말의 진실이 드러났다. 의혹은 우선 정보원들의 세계에서, 충분히 납득할 만한 이유(동료들 간의 교류나 직업상의 경쟁의식 등)로 모습을 드러낸 게 아니었을까? 혹은 정보원들이 어딘가에서 들은 이 소문을 가지고, 그렇게 떠도는 이야기를 제 것으로 삼게 된 건(같은 이유로) 아닐까? 무어라 단정짓기는 어려웠다. 그렇긴 해도 그렇게 밝혀진 진실에 첩자들이 관심을 갖는 건 당연한 일이었다. 폐쇄적인 집단 안에서 으레 그렇듯, 조용조용한 목소리와 어둠의 영역인 그들 세계에도 정예 집단과 폐물이 존재하는 법. 스승을 존경하는 수련자들이 있었던 반면, 질투와 증오에 시달리며 명예를 꿈꾸는 초심자들도 있었다. 수도의 정보원들을 둘러싸고 믿기지 않는 일들과 모험담과 위업의 소문이 나돌았는가 하면, 시골에서 일하는 고충에 대한 탄식도 들렸다. 이 모든 현상이 이 낯선 남자를 두고 불붙어올랐다. 두피에 찰싹 붙인 머리와 카이젤 수염을 하고 사교계 남자의 거만한 자태로 글로브호텔 레스토랑에 아주 가끔씩 모습을 드러내는 남자였다.

그러나 무엇보다 놀라운 사실은, 폐쇄적인 정보원 세계에서 나도는 소문들이 결국 외부로 유출되었다는 것이다. N시 정보원들의 헌신과 충성은 다소 아쉽다고 할 만한 것이었다. 그건 오래전부터(왕국의 탄생 시기부터라고는 할 수 없어도) 누구나 알고 있던 사실로서, 요컨대 잊을 수 없는 팔록 베시에 의해 이 새로운 직업이 생겨난 시대부터였다. (그의 진짜 이름은 그로쿠였는데, 사람들이 '귀'라는 의미의 베시로 바꾸어 부른 건 납득할 만한 일이다.) 그렇다손 쳐도 상황이 터무니없이 악화되어, 소문은 정보계라는 매직 서클을 넘어 사람들 사이에 버젓이 모습을 드러냈다. 기가 막히는 일이었다!

이 문제를 두고 시장은 부하 직원들과 긴 논의를 거친 끝에 결론에 도달했다. 일반적인 경우와는 달리 이번엔 암암리의 무슨 의도가 작용해 비밀이 누설된 게 아니라는 것. 즉 용의자들에게 비밀을 알려 스스로를 위험으로부터 지키게 할 의도 따위는 없었다는 것이었다. 시장은 오히려 정반대되는 현상을 마주하고 있다는 판단을 내렸다. 다시 말해 이 누설은 두 외국인에 대한 무슨 동정심에서 말미암은 게 전혀 아니라는 것. 오히려 정보원의 도착이 N시 주민들의 애국심을 고취했고, 그 결과 주민들이 그를 열렬히 환대하게 되었다는 것이다. (너희 외국인들이 그 큼직한 시가와 기구들을 가지고 이곳에 들어와 뭐든 마음대로 할 수 있다고 생각하면 오산이야. 그렇고말고! 우린 너희의 상상을 초월하는 일을 해낼 테니까. 너희 영어가 감추고 있는 내막을 꿰뚫어볼 거라고!) 비밀이 누설된 진짜 원인은 그것인 듯싶었다.

최근 들어 N시에서 다소 무뎌져 있었던(이건 부인할 수 없는 사실인데) 애국심의 배가. 이런 식의 추론에 시장은 결국 안도했으며 소문의 확산에도 곧 괘념치 않게 되었다.

그사이에도 소문은 계속 퍼져나갔다. 새 정보원의 이름이 그 지방 여자들의 입에까지 오르내렸다. 사람들은 티라나의 국왕을 위한 그의 특별한 직무에 대해 말했고, 그가 대사 부인들을 포함해 수도의 굉장한 여자들과 염문을 뿌리고 다닌다는 둥, 수많은 다른 일들을 두고 수군댔다. 그가 일급 정보원임을 부인할 수는 없었다. N시의 평범한 첩자들은 그가 자신들처럼 벼룩과 똥이 가득한 외양간에서 일하는 대신 궁정과 대성당의 지붕 밑을 누비고 다닌다는 사실을 깨달으며 질투심을 느꼈다. 이 정보원과 함께 '물소뼈 여인숙' 지붕 밑에 웅크린 채 숨어 있게 된 둘 바자야는 난처한 입장일 게 분명했다. 사실 그런 거물과 함께 일하게 된 건 크나큰 명예가 아닐 수 없었다. 하지만 더이상 필요 없어진 둘 바자야를 아일랜드인들에게서 떼어놓았을지도 모르는 일이었다. 그래, 그렇다. 분명 그렇게 했을 것이다. 이제 주인이 도착한 마당에 그가 무슨 쓸모가 있단 말인가?

하지만 또다른 소문에 의하면 둘 바자야는 두 외국인 곁에서 계속 일하고 있었다. 당연한 이치였다. 수도에서 온 그 관료가 여인숙 지붕 밑에 주야장천 남아 있을 순 없는 일이었고, 사실 꼭 그래야 하는 것도 아니었다. 그러니까 정해진 시간에만 그가 감시하고, 밤이 되면 둘 바자야를 지붕 밑에 두고 자기는 편안한 호텔방으로 돌아온다는 것.

어느 날 데이지가 남편에게 말했다.

"영어를 아는 정보원이 왔다던데 나한텐 아무 말도 안 하셨네요!"

"그래서? 그게 무슨 중요한 소식이라도 되오?"

그녀는 남편의 시선을 눈으로 좇았다. 그는 시선을 어디에 두어야 할지 몰라 쩔쩔매고 있었다.

"그래도 이번엔 부인하진 않으시니 고맙군요."

"그래?" 그는 무슨 잃어버린 물건을 찾는 척하며 방을 나갔다.

그녀는 안락의자에 털썩 주저앉아 카펫에 시선을 고정시켰다. 가끔씩 몹시 특이한 감정에 휩싸이곤 했다. 눈이 반쯤 녹은 땅한 귀퉁이처럼 먹먹한 서글픔. 따지고 보면 격렬한 발작과도 같은 진짜 슬픔보다는 견딜 만한 감정이긴 했다. 여인숙까지 가겠다는 결심은 하지 못한 터였다. 망설이다 몇몇 장애물 앞에서 물러서고 말았다. 그곳까지 동행할 이를 선택하는 것도, 방문 이유를 찾아내는 것도 쉽지 않았으니까. 때론 마음의 안정을 찾기도 했다. 올 것이 오고야 말아서 감시가 시작되어 그녀 자신도 더는 그들을 도울 수 없는 처지였으니 말이다. 그러다가도 곧 반대되는 생각이 들기도 했다. 어쩌면 그들이 아직 위험한 말을 전혀 내뱉지 않았을 수도 있잖은가? 지금이라도 불행을 막을 수 있지 않을까? 그런 순간엔 그곳에 가야 한다는 유혹을 느꼈다. 자신의 여인숙 방문을 정당화하기 위해 유일한 친구인 우체국장 부인에게 늘어놓을 변명거리를 머릿속으로 구상했다. 하지만 진실을 어디까지 드러내야 하는 걸까? 정확히 무슨 말을 해야 하지? 그러면 다시 망설이게 되었다.

정말이지 고문이나 다름없네! 그녀는 한숨을 내쉬었다. 무슨 결정을 내리는 데 이렇게나 무기력하기는 처음이었다. 그래도 당장 행동에 나서야 했다. 적어도 그녀 이야기만은 절대 꺼내선 안 된다고 그들에게 당부해두어야 하는데. 첩자들의 더러운 귀에 자기 이름이 들어가도록 놔둬선 안 되었다! 최소한 그렇게라도 할 수 있다면! 그러면 그들이 나머지 사정도 깨닫지 않을까?

하늘은 여전히 흐렸지만, 한결 넓어진 3월의 창공 아래 세상은 새로운 빛으로 물들었다. 윌리가 창문 앞에 버티고 서서 밖을 내다보는 동안 그의 등뒤에선 맥스가 녹음기 주위를 분주히 오갔다. 음유시인의 단조로운 노랫소리를 듣고 있자니 졸음이 밀려왔다.

여인숙 마당에서 들리는 마차 소리에 그는 퍼뜩 정신을 차렸다. 창문에 얼굴을 더 바짝 갖다대고 창유리에 서린 김을 닦았지만, 이제 마차로 돌아가는 사람이 누군지 분간할 수는 없었다. 한순간 알아낼 수 있을 것 같았던 낯익은 실루엣은 곧 흐릿해지고 말았다.

저 여잔 누구지? 그는 마음속으로 물었다. 어디서 본 듯한 느낌인데…… 손으로 창유리를 신경질적으로 문지르다가, 이렇게 흐려 보이는 건 눈앞의 형상 때문이 아니라 자신의 눈 때문이라는 데 생각이 미치자 온몸이 얼어붙었다. 몇 미터 앞에 있는 사람도 못 알아볼 정도로 시력이 약화되었단 말인가?

최근 들어 눈의 상태로 인해 걱정을 떨칠 수 없었다. 급성 녹내장이야. 얼마 전부터 그를 공포로 몰아넣은 이 병을 스스로 진단하며 그는 이렇게 중얼댔다. 몇 초 동안 눈을 감았다 다시 떴다. 이건 그저 일시적 장애여서 지금 마차에 오르는 여자가 누군지 알아낼 수 있을 거라는 마지막 희망을 놓지 않았다. 하지만 조금 전과 마찬가지로 뿌연 안개가 모든 걸 뒤덮어버렸으며 마차마저도 집어삼킨 듯했다.

"맥스," 그가 친구를 돌아보며 말했다. "티라나로 당장 함께 떠나야겠어. 이젠 앞이 거의 안 보여."

친구를 괴롭히는 이 병 얘기만 나오면 늘 그러듯 맥스의 이마에 주름이 갔다.

다음날, 둘 바자야가 규칙적으로 보내는 보고서 봉투를 열었을 때 시장은 자신의 눈을 믿을 수 없었다. 보고서 대신 사직서가 들어 있었기 때문이다.

내가 잘못 본 건가, 아니면 둘 바자야가 제정신이 아닌 건가? 그의 입에서 외침이 새어나왔다. 그 두 외국인을 겨냥한 작전이 이제 마무리되려는 시점에 사직서라니! 놀랍게도 정보원은 시장님께 폐를 끼치게 돼 죄송하다는 식의 말로 편지를 시작했다. 자신의 청원을 읽고 시장님께선 스스로의 눈을 의심하시거나 아니면 둘 바자야가 정신이 나간 거라 생각하실지도 모르겠다고.

아닙니다, 첩보원은 말을 이었다. 시장님이 잘못 읽으신 것도, 둘 바자야가 미친 것도 아니었다. 그는 신체적으로나 정신적으로나 멀쩡한 상태에서 이 일을 그만두려는 것이었다.

험담꾼들은 그의 청원을 두고 쩨쩨한 이유를 들며 설명하려들 거라고, 그는 말을 이었다. 예컨대 등급이나 처우 등등의 문제를 두고 둘 바자야가 무슨 불만을 가진 거라고. 하지만 둘 바자야에 대해 아시는 시장님은 그가 결코 야심이나 물질적 이해타산의 부추김을 받고 일한 적이 없음을 이미 간파하고 계시리라 믿는다고. 적의에 찬 또다른 인간들은 그의 사직을 두고 굴욕감 때문이라고, 심지어 영어를 아는 정보원이 도착함으로써 느끼게 된 질투심 때문이라 말할지도 모른다고. 사실 그들의 이런 반

웅은 당연한 거라고 둘 바자야는 못박았다. 호박의 90퍼센트가 물이듯, 그들의 삶 역시 울화와 울분이 그만큼을 차지한다고.

물이 90퍼센트라! 시장은 되뇌었다. 둘 바자야는 이런 것까지 알고 있는 거다! 정말이지 단순한 첩자가 아니라 대학 총장의 자질을 지닌 놈이었다.

바로 그런 생각을 하는 자들입니다, 정보원은 계속 써나갔다. 시장님도 분명 기억하실 테지만, 수도에서 동료를 파견케 해달라고 시장님께 성가시게 요청한 사람이 바로 둘 바자야 자신인데 말입니다.

그렇죠, 사람들이 하는 말은 하나같이 진실이 아닙니다, 라고 그는 결론지었다. 더이상 시간을 끌지 않기 위해 그는 이제 사직의 이유를 솔직하고도 분명하게 밝힐 작정이었다. 그러니까 3월 11일 오전 열한시, 왕국의 정보원으로서 칠 년간 유능하고도 성실히 직무를 이행한 그가 근무중에 처음으로 옅은 잠이 들었다는 것.

아, 이유가 그거로군! 시장은 그렇게 생각하며 안도감을 느꼈다. N시 공무원 절반은 공식적인 업무 시간에 낮잠을 자는 것으로 유명했다. 하지만 둘 바자야는 자신만은 예외라는 걸 강조하고 싶은 거였다. 게다가 자신의 말이 더한층 비장하게 들리도록 해당 문장에 검고 굵은 줄을 두르기까지 했다.

그걸 목격한 사람은 아무도 없었다고, 그는 말을 이었다. '물소뼈 여인숙' 지붕 골조 밑에는 자기밖에 없었으니 그냥 넘어갈 수도 있었다고. 사실을 숨겼을 수도 있었으련만 자신은 그렇게 생겨먹지 못한 것이다. 자신의 조국에 무엇 하나 숨긴 적이 없었다. 스스로의 양심 외에는 누군가의 감독을 받는 것이 전혀 아님에도, 유능한 정보원이라면 개인적으로 해야 하는 훈련을 그는 수년간 꼬박꼬박 실천해왔다. 바람과 천둥과 파도 소리가 들리는 와중에, 급류가 으르렁대는 가운데, 개 짖는 소리와 까악까악 까마귀가 울어대고 부엉부엉 부엉이가 울어대는 소리가 들리는 가운데, 그 어떤 어렵고 혹독한 조건 속에서도 청각을 예리하게 다듬는 훈련을 말이다. 그가 잠에 굴복한 적은 단 한 번도 없었다. 여름의 후텁지근한 더위에도, 얼어붙은 겨울 날씨에도, 사십팔 시간 불침번을 선 뒤에도, 그가 숨어 있는 천장 위까지 용의자의 코 고는 소리가 자장가처럼 올라오는 와중에도 결단코. 게다가 보고서를 쓸 때에도 그는 자신이 보고 들은 걸 눈곱만큼의 첨삭도 없이 늘 정확하게 묘사했으며, 무슨 책략과 속임수에 기대는 비열한 짓은 절대 하지 않았다. 정보원이라면 으레 그래야 하듯 자기 일을 비밀리에 묵묵히 수행해왔다. 타인의 귀에 무슨 말이 들어가지 않도록, 타인의 눈에 띄지 않도록 각별히 조심해왔다면, 반대로 조국의 면전에서는 충성스럽고도 정직한 태도를 보이려고 노력했다. 사정이 그러했으니, 3월 11일 아침나절에 일어난 그 사건을 그는 덮어버릴 수 없었던 것이다.

시장은 깊은 한숨을 내쉰 뒤 다시 글을 읽어내려갔다.

3월 11일 오전 열한시, 라고 정보원은 말을 이었다. 그는 평소처럼 '물소뼈 여인숙' 방 천장 위에 길게 누워 있었고, 밑에서는 두 아일랜드인이 한참 전부터 녹음기에서 흘러나오는 어느 음유시인의 노래를 듣고 있었다. 그 순간 그는 여인숙 뒷마당에서 나는 마차 소리를 알아챘다. 웬 마차지? 머릿속에서 곧 의문이 떠올랐다. 갑자기 어디서 나타난 걸까? 왜 더 일찍 소리를 듣지 못했을까? 그는 눈을 비비다가, 잠시 졸음에 빠져 있었다는 생각을 했다. 정말로 졸았던 거다! 너무도 부끄러운 일이지만, 잠이 들었던 게 분명했다. 그랬기 때문에 마차 소리에 잠이 깼을 때도 곧 정신을 차릴 수 없었던 거다. 그런 상태로 그는 한 여자가 마차에 오르고 이어 사라져가는 모습을 마치 안개 속에서처럼 얼핏 본 것이다.

그 순간 그가 느낀 당혹감을 시장님께 길게 설명한다는 건 부질없는 짓이었다. 여자가 누군지 전혀 알아채지 못했을 뿐 아니라, 그녀가 용의자들과 나눴음직한 대화도 놓치고 말았으니까. 사실 그녀가 그들을 실제로 만났는지조차 알 수 없는 일이었다. 그녀가 누군지는 나중에라도 어렵잖게 알아낼 수 있겠지만 말이다. 그렇다, 그처럼 충격을 받은 이유는 다른 데 있었다. 재난은 그의 마음속에서 일어난 것이었다. 정보원은 스스로가 마치 여기저기 금이 간 질그릇인 양 느껴졌다. 참기 어려운 괴로움과 미칠 듯한 후회에 사로잡힌 그는 돌이킬 수 없는 절망에 빠진 것이다. 그 어떤 용서도 위로도 구하지 않을 것이었다. 위로의 말들은 그의 고통을 가중시킬 따름일 테니까. 그가 필요로 하는 건 오직 하나, 어둠 속으로 물러나 잊히는 것. 때문에 그는 이 왕국의 정보원 직책 사임 의사를 정해진 양식에 따라 공식적으로 시장님께 제출하는 바였다.

시장은 자신의 정보원의 낯익은 서명을 한참이나 멍하니 바라보았다. 민망한 감정에 이루 말할 수 없는 거북함이 섞여들었다. 난데없는 사임이 웬 말인가? 정말로 양심의 가책을 느껴선가, 아니면 무슨 다른 속셈이 있는 걸까?

어둡고 불순한 생각들이 비구름처럼 어수선하게 시장의 마음속에서 감돌았다. 그 여자는 대체 누굴까? 이 사건으로 말미암아 무슨 연애 관계가 종말을 고하기라도 한 듯, 가버린 젊음의 뒷맛과 어우러진 처절한 아쉬움이 느껴졌다. 그런데 둘 바자야의 보고를 더는 받아볼 수 없을 거라는 아쉬움에 한줄기 의심이 끼어들었다. 둘 바자야는 정말 이 여자를 알아보지 못한 걸까, 아니면 그녀가 누군지 털어놓지 않으려고 이러는 걸까?

시장은 병상에서 일어난 환자처럼 머릿속이 웅웅대는 것 같았다. 어둠 속으로 물러나 잊히는 것…… 그는 둘 바자야의 말을 되뇌었다. 내기를 해도 좋을 것이, 둘 바자야가 일상의 삶에서 물러나려 하는 건 나중에 무슨 수수께끼 같은 손님이나 예언자로 다시 등장하거나 왕좌를 노려서다! 사실 둘 바자야와 관련해선 그 어떤 가능성도 배제할 수 없었다! 이 사내라면 접근 불가능한 비물질적인 영역에까지 올라 천하를 관장하는 정보원이 될 거라는 느낌이 이따금 들기도 했다! 이런 생각을 하자 몸에 전율이 일었다. 정신이 착란 상태에 드는가 싶었지만 막을 길이 없었다. 카슈미르 초원 어딘가에 있다는 세상의 눈에 대한 은둔자의 말이 머릿속에 남아 맴돌았다……

갑자기 그는 둘 바자야를 한 번도 본 적이 없다는 사실을 떠올렸다. 수년간 그의 보고서를 읽었으면서도 그가 어떻게 생겼는지 전혀 상상할 수 없었고, 목소리조차 들은 적이 없었다. 직접 본 적도, 목소리를 들은 적도 없다니! 그 순간 그는 소리를 질러댈 뻔했다. 둘 바자야는 실제로 존재하는 인물일까?

또 한차례 밀려드는 터무니없는 생각을 떨쳐내기 위해 그는 자리에서 벌떡 일어섰다.

XII

연민을 불러일으키는 그의 고정된 동공 위로 맑은 액체 방울이 떨어지자 측은함이 더해졌다. 첫번째 방울에 이어 떨어진 두번째, 세번째 방울이 안약의 물결치는 수면 아래로 사라졌다.

이제 막 시판되기 시작한 새로운 효능의 약(시력이 약해진 왕태후가 외국에서 들여오게 했다는)으로 나흘간 치료한 끝에 윌리는 시력이 조금 나아졌다는 느낌을 받았다.

윌리의 건강 상태로 인해 흔들렸던 그들의 낙관적인 생각이 활기를 되찾았다. 점점 좋아지는 날씨도 이런 분위기에 일조해 그날 아침만 해도 윌리는 한껏 들뜬 목소리로 소리쳤다.

"맥스, 저것 봐, 새야! '저주받은 산정' 쪽으로 날아가고 있군, 그렇지?"

맥스는 창문 쪽으로 고개를 돌렸다.

"그래, 그쪽으로 날고 있군. 기적이야, 윌리!"

윌리는 이 말이 지니는 이중적 의미를 완벽히 이해했다. 새가 날고 있음을, 게다가 날아가는 방향까지 그가 맞힌다는 건 기적이었다. 그런가 하면 새가 난다는 건 봄이 다가옴을 의미하니, 이 또한 기적이었다. 거의 한 해 내내 '저주받은 산정' 위를 나는 새는 없었으며, 산이 그런 이름으로 불리게 된 것도 그 때문이었지만 말이다.

"진짜 기적이야, 윌리!" 맥스가 양손을 비비며 되뇌었다.

정상을 향한 산행이 윌리의 병으로 인해 한동안 무산되는가 싶었는데 이제 다시 가능해진 것이다. 그들은 슈티에펜에게 마차를 빌려달라고, 또 마르틴이 그들과 함께 동행할 수 있게 해달라고 부탁까지 해두었다.

그들이 시도한 작업도 이 산행으로 완성될 테고, 거주지를 적어둔 음유시인 열한 명의 목소리도 녹음할 것이었다. 어떤 이들은 두번째로, 또 어떤 이들은 세번째로.

있을 법하지 않은 일이긴 했지만, 1913년 이후의 어떤 사건을 서투르게나마 담은 마지막 서사시를 발견할 수 있을지 모른다는 막연한 희망을 품기까지 했다. 1878년을 주제로 열두 행이 만들어졌고 그후 삼십오 년이 지난 1913년에 다섯 행이 나왔다면,

이십 년쯤 지나 적어도 두세 행 정도는 더 만들어졌을 거라 이제 믿어도 좋지 않을까? 사실 서사시의 나이를 생각해보면, 우리 눈에 몹시 길어 보이는 그 수십 년도 겨우 몇 분에 지나지 않는 시간의 편린이긴 했다.

하기야 헛된 희망에 불과하다는 걸 모르는 바 아니었다. 1913년에 서사시가 혼수상태에서 깨어나긴 했지만, 그건 국가의 해체라는 끔찍한 재앙의 결과였을 따름이다. 그후로는 알바니아 역사상 유례없는 단조롭고 평범한 시기가 이어졌다. 서사시의 죽음에 그보다 더 적합한 시대는 상상할 수 없을 정도였다.

이런 이야기를 나누는 와중에도 두 사람은 무슨 '에피벤트'(서사시가 된 모든 동시대 사건을 자기들끼리 그렇게 불렀다)를 바라 마지않는다는 사실을 확인하며 놀라움을 금치 못했다.

서사시의 분산 상태로 말미암은 애초의 불안 대신 이젠 서사시가 질서 정연하게 정돈되어 있다는 확신이 들어섰다. 일렁이는 무지개처럼, 바람과 분진처럼 시공에 분산되어 처음엔 모아들이기 불가능해 보였던 그것이 지금은 번호가 매겨진 금속 상자들 안에 갇혀 있었다. 이 모든 열광과 이 모든 열정을 자신들이 길들일 수 있었다는 게 좀처럼 믿기지 않을 때도 있었다.

이제까지 데이지는 정원의 대문에서 집 현관문에 이르는 통로를 이렇게나 유심히 바라본 적이 한 번도 없었다. 비가 내리고 있었으며 포석들은 불안하고도 낯선 빛으로 번들거렸다. 그녀는 포석 하나하나를 꿰고 있어 어떤 기우뚱한 포석이 비 오는 날 자신의 스타킹에 물을 튀게 할지도 알기에 실수할 염려 없이 피해 가곤 했다. 그렇긴 해도 이런 식으로 이층에서 내려다본 적은 아직 없어서, 어느 포석이 기울어져 그 위를 걷게 될 낯선 이의 바지를 적실 위험이 있는지 알아맞히기는 쉽지 않아 보였다.

영어를 아는 정보원이 십오 분 후면 도착하기로 되어 있었다. 오전 열한시, 그녀의 집에 남편 모르게 방문하는 낯선 남자…… 그러나 떨림은 잠시였다. 왠지 모를 씁쓸한 심정이 되어 그녀는 머릿속으로 그림의 윤곽을 대충 그려보았다. 그 낯선 남자는 그의 업무와 관련된 아주 특별한 일로 그녀의 초대를 받고 오는 것이다. "중요한 일로 만나뵈었으면 해요. 제발 부탁이니 저희끼리만 아는 일로 해주세요." 이렇게 짤막한 편지를 쓰기로 마음먹기가 쉽지는 않았었다.

일주일 전에 결심한 일이었다. '물소뼈 여인숙'에서 아일랜드인들을 만나려던 시도가 무산된 뒤였다. 생트마리교회의 프레스코화를 보러 간다며 북부대로를 마차로 달렸던 일, 여인숙 앞에서 마차를 멈추고 물 한 잔을 얻어 마신다는 핑계로 마차에서 내렸던 일, 여인숙 주인과 주고받은 몇 마디 말, 그런 다음 다시 마차를 타고 돌아온 일. 이 모두가 머릿속에 희미하게 떠올랐다. 마치 현실에서 정말로 일어나지는 않은, 꿈인지 생시인지 알 수 없는 일들 같았다.

두 외국인을 만나려던 시도가 공교롭게도 실패로 돌아간 뒤, 그녀는 그들과 연락이 닿을 또다른 수단을 강구하기 위해 며칠이나 머리를 싸매고 생각했다. 그곳에 마차를 타고 다시 간다면 여인숙 주인의 의심을 살 게 분명했고, 우체국장 부인을 데려가기에는 용기를 낼 수 없었다. 주변인들 중 유일하게 믿을 수 있는 가정부 편에 그들에게 짧은 편지를 전달할까란 상상도 해보면서 머릿속으로 가능성을 타진해보던 차에 새 정보원에게 생각이 미쳤다. 중개인 없이 그를 만날 수 있지 않을까? 따지고 보면 그 사람이야말로 모든 것의 열쇠, 이 일의 알파와 오메가가 아닐까? 무모한 계획을 두고 늘 그랬듯 그녀는 이 착상에 마음이 끌렸다. 정보원이 이 모두의 열쇠임이 틀림없었다. 그의 귀는 그들에게 직접 닿아 있었다. 그들이 그 기막힌 영어로 정말 그녀에 대한 말을 했다면 그 정보원 말고 누구한테 그걸 알아낸단 말인가? My lord, My love…… 이 착상이 점차 다른 모든 착상을 압도해버렸다. 스스로 인정하진 않았어도 자신의 행동 하나하나의 주요 동기도, 정보원에게 쪽지를 써 보내겠다는 최종적인 결심도 결국 두 외국인과 다시 연락이 닿고 싶다는 욕구 때문이었다.

어쩌다 냉정을 되찾으면 혼자 생각하곤 했다. 어차피 그들은 우리 국민이 아니니 위험에 처할 일도 없을 거라고. 하지만 그녀는 이런 생각을 재빨리 머릿속에서 떨쳐냈고, 온종일(정원의 철문이 열리기를 시시각각 기다리는 이 순간마저) 자신이 그 두 사람을 위험으로부터 구해내는 상상을 하며 즐거워했다.

곧 열한시가 될 터였고, 정보원이 당장에라도 들이닥칠지 몰랐다.

나중에 그녀가 이 상황을 떠올릴라치면 추억 속에서 남자의 도착은 서로 다른 두 모습을 띠게 될 터였다.

첫번째 장면에서 남자는 천천히 걸어들어오고, 그녀는 창밖을 내다보며 슬로모션 촬영을 하듯 한 발짝 한 발짝을 눈으로 바싹 쫓는다. 철문이 열린 뒤, 젖은 포석 위를 걷는 발소리가 들린다. 현관문의 초인종 소리에 이어 계단을 오르는 발소리가 들리고, 둘 사이에 첫 시선이 오간 뒤 그가 입을 연다. "부인을 위해 일하게 돼 기쁩니다."

두번째 장면에선 정원의 대문에서 그녀가 있는 이층까지 그는 말 그대로 날아온 것만 같다. 그가 그녀에게 호기심에 불타는 강렬한 유혹의 시선을 던진다. 자신감이랄지 뻔뻔스러움이랄지, 또다른 무언가가 담긴 시선이다. 맙소사, 첩자의 눈 그대로야! 그녀가 생각하는데 곧 그의 말이 이어진다. "부인을 위해 일할 수 있어 기쁩니다……"

그는 그녀가 상상한 대로기도, 상상과 전혀 딴판이기도 했다. 검고 매끄러운 머리털이 눈과 동일한 물질로 이루어진 듯 가공할 빛을 발했다. 눈과 머리털이 그렇게나 완벽한 조화를 이루는 사람을 그녀는 본 적이 없었다. 틀림없는 첩자의 눈에 아첨꾼의 눈빛이 이식되어 있었다. 그녀를 빤히 바라보는 품으로 미루어, 두 외국인이 그녀를 두고 하는 말을 엿들은 게 분명했다. 암묵적인 의미가 깔린 눈빛, 무슨 비밀로 연결된 사람들 사이에서 오가는 그런 눈빛이었다. 그녀는 자신에 대해 두 외국인이 한 말을 그의 입으로 얼른 듣고 싶어 다른 아무 생각도 나지 않았다. 그런대로 신중한 성격이 아니었던들 당장에라도 애원했을 것이다. 제발 부탁이니 어서 말해주세요. 영어로 들으신 그대로 전부(번역은 나중에 해주시고요), 그들이 나에 대해 뭐라 했는지 전부다요!

하지만 그녀는 자제할 줄 알아서 변죽을 울리기만 했다. 나중에 기억 속에서 끄집어내게 될 이 장면은 더한층 모호했다. 그녀가 말하는 동안 상대의 두 눈이 뜨겁게 달아오른 석탄처럼 빛을 발했다는 것 외에는 무엇 하나 선명하게 떠오르지 않았다. 저이는 나에 대해 내 짐작보다 훨씬 많이 알고 있는 거야, 하고 생각했었다.

“저는 이곳에 온 두 외국인을 잘 알아요.” 그녀가 마침내 들릴락 말락 한 목소리로 말했다. “상황이 어떤지 아시면…… 놀라실 거예요. 그러니까……”

“부인, 난처한 입장이신 걸 이해하겠습니다.” 누가 깰까봐 걱정하는 사람처럼 그가 아주 낮은 목소리로 끼어들었다. “아시겠지만, 전 이런 상황이라면 이골이 난 터라……”

“물론 그러시겠죠.” 그녀가 다시 눈을 치켜뜨며 말했다.

그의 두 눈이 이제 그녀에게 바짝 다가와 있었다. 이 남자에 대해 나돌던 무수한 소문이 머릿속에 어렴풋이 떠올랐다. 당연히 그렇겠지, 그녀는 희미한 미소를 지으며 혼자 되뇌었다. 남자의 손이 그녀의 손을 살며시 잡아쥐었다.

“정말 아름다우시군요!”

“어떻게 이런 행동을!” 그녀가 눈이 휘둥그레져 기어들어가는 목소리로 말했다.

그는 그녀의 손을 놓는 대신 이제 시선을 맞추려 했다.

“부인, 제가 몸담은 직업이 그런 만큼 저는 수도 없이……”

“네, 알아요. 당신에 대한 얘길 들었어요.”

그는 미소를 지었고 목소리가 더 조용조용해졌다.

“귀부인들이 그들 욕실이나 침실에서 옷을 벗은 채 있는 모습을 볼 기회가 수없이 많았죠. 다른 이들이라면 그저 먼 데서 인

사라도 건네보기를 꿈꿀…… 어쩌면 부인을 보았는지도 모르겠군요. 수도에 오셨을 때, 콘티넨털호텔에서……"

맙소사! 그녀는 마음속으로 외쳤다. 실제로 그 호텔에 머무른 적이 있었으니까. 생각만으로도 머릿속 한구석이 멍해졌다. 그가 정말로 내 벗은 모습을 본 걸까?…… 정말일까? 말도 안 돼! 내면의 한 목소리가 소리를 질러댔다. 벗은 모습을 봤다면, 그건 거의……

그는 그녀의 머리카락 냄새를 들이마셨다. 그녀는 이제 완전히 제정신이 아니었다. 어디 기댈 곳이 있었으면 했다. 생각이 오롯이 한 점으로 모였다. 정말로 그런 일이 있었다면 나머지는 오로지 형식적인 문제에 불과했다.

남자의 두 손이 허리를 잡는 게 느껴졌다. 방금 전만 해도 밀어내리라 생각했던 남자에게 그녀는 자신을 내맡겼다.

이제 떠났군, 데이지는 정원의 철문이 삐걱대는 소리를 들으며 한숨을 내쉬었다. 그녀는 알몸인 채로 어깨에 실내복을 두른 뒤 창가로 다가가 커튼을 열었다. 밖에선 마치 아무 일도 없었다는 듯 여전히 비가 내리고 있었다. 아일랜드인들이 나를 두고 한 말만은 알아냈어야 했는데! 그녀는 멍하니 생각했다. 그에게 미처 물어보지 못한 것이다. 사실 이젠 아무래도 좋았다. 무언가가 그녀의 존재 안으로 온통 쏟아져들어와 더는 아무 생각도 하고 싶지 않았다. 느린 걸음으로 욕실로 향해 온수 수도꼭지를 튼 다음 욕조 안으로 들어갔다.

남편이 점심식사를 하러 집에 돌아왔을 때에도 그녀는 아직 욕조 안에 있었다.

잠시 후 그녀가 식탁을 차리는 동안 남편은 항간에 나도는 이야기를 전해주었다. 국왕이 헝가리 백작 가문의 여인과 약혼하게 될지도 모른다는 소문이었다.

"무슨 걱정거리라도 있소?" 놀랍게도 그녀가 이 이야기에 관심이 없음을 알고 그가 물었다. "두통이오?"

"네, 아침 내내 안 좋았어요."

그는 접시에 코를 박고 식사만 했다. 두통이라는 말이 나올 때마다 그러듯, 죄책감에 휩싸인 채로. 아이가 없다는 게 그녀가 겪는 두통의 근본 원인이라는 걸 모르지 않았기 때문이다.

몇 마디 말이 오갔을 뿐, 식사 시간은 그렇게 흘러갔다. 데이지는 좀 누워야겠다고 했고, 그는 조금 휴식을 취한 뒤 사무실로 돌아갔다.

저녁에도 같은 장면이 되풀이되었다. 그가 사무실로 다시 떠나는 대신 서재에 틀어박혔다는 점만 달랐고, 그녀는 다시 침실로 돌아갔다.

그녀는 잠을 청해봤지만 헛일이었다. 점점 더 크게 울려퍼지는 적막한 청동 괘종시계 종소리를 간간이 들으며 이제 뜬눈으로 밤을 지새워야 할 게 분명했다. 이렇게 잠을 못 이루는 이유를 알 수 없었다. 처음으로 남편 모르게 외도를 했지만 양심의 가책은 전혀 느껴지지 않았다. 아니, 문제는 다른 데 있었다. 한없이 초라해진 기분과 함께 밀려드는 견딜 수 없는 공허감. 이 느낌은 대체 어디서 오는 것이며, 왜 이다지도 그녀를 들볶아대는 걸까? 스스로에게 쓴웃음이 나올 뻔했다. 그게 어디서 오는지 당연히 알고 있었으니까! 그녀가 꿈꾸었던 건 전혀 다른 것이었다. 호메로스를 연구하는 외국인, 그녀의 '영국인'과의 결합이었는데…… 결국 어느 정보원의 품안으로 떨어지고 만 것이다. 게다가 어떤 남자인가? 그녀가 동경하는 남자를 염탐하는 남자! 운명의 장난이었다……

그것만으로 모자랐던지, 그녀는 벌써 산부인과를 찾는 상상을 했다. 졸음에 겨운 듯한 의사의 눈이 갑자기 호기심으로 활기를 띤다. "상대가 누구죠?……" 안 돼! 그녀는 마음속으로 외친다. 결단코 의사에게 진실을 말하진 않을 것이다. 소설 같은 이야기를 지어내든, 사고로 포장하든(무도회에서 반쯤 취한 상태로, 그러다 뜻밖에, 정말이지 뜻밖에……), 온갖 변명을 둘러댈 것이다. 그래도 절대 진실을 털어놓진 않을 것이다. 이런 생각을 하니 편안해지는 듯했다. 관자놀이에서 세차게 뛰던 맥박도 진정되었다. 어쩌면 임신이 안 됐을지도 몰라. 그러자 마음이 안정되었다. 괜한 걱정을 한 게 분명했다. 따지고 보면 이런 일을 겪는 여자가 그녀가 처음인 것도 마지막인 것도 아니었다. 영화의 절반은 이런 유의 사건을 담고 있었고, 『안나 카레니나』와 『마담 보바리』를 비롯해 제목을 일일이 기억하지 못하는 그 많은 책들도 마찬가지였다. 아, 잠이나 잘 수 있었으면! 그러고 보니 두통도 가라앉았고 모든 게 아까보다 나아졌다. 관자놀이를 제외하고는…… 그런데 이 끔찍한 소리는 어디서 나는 거지? 종소리처럼 규칙적으로 두드려대는 소리가 이제 그녀 외부에서 들려왔다. 그녀는 베개 밑에 머리를 묻고 이 박동이 퍼져나가지 못하도록 여전히 안간힘을 썼다. 바로 그 순간, 남편이 그녀의 머릿속에서 일어나는 일들을 짐작하기라도 한 듯 몸을 뒤척이는 게 느껴졌다. 남편이 일을 알아챈 게 아닐까? 아니면 소리가 정말로 외부에서 들려와 불안을 더하는 걸까? 그렇게 계속 머리가 지끈대는데 불쑥 남편의 목소리가 들렸다.

"누가 문을 두드리는군!"

"뭐라고요?" 소스라치게 놀란 그녀는 대체 무슨 일이 벌어지고 있는지 종잡을 수 없었다.

남편이 팔을 뻗어 머리맡의 등을 켜는 게 느껴졌다. 환한 불빛

속에서 남편이 하는 말이 완전히 다른 사람의 소리처럼 들렸다.

"누가 현관문을 두드린다고!"

이제 문 두드리는 소리가 또렷이 들렸고, "시장님, 시장님!" 하고 부르는 소리도 분간되었다.

그 사람 목소리야. 겁에 질린 그녀는 어이없는 생각을 떨쳐내려는 듯 머리를 흔들었다. 그사이 남편은 잽싸게 자리에서 일어나 창가로 갔다.

"시장님, 시장님!" 이번에는 밖에서 부르는 소리가 더 분명하게 들려왔다.

"영어를 아는 정보원이잖아!" 당황한 시장이 말했다. "무슨 일이 일어난 모양이야……"

그녀는 남편이 셔츠와 바지와 윗옷을 찾느라 방안을 오가는 모습을 눈이 둥그레져 바라보았다.

"안 돼요!" 그녀에게서 오열처럼 외침이 새어나왔다. 평소와는 다른 쉬고 낯선 목소리가 그녀의 입에서 나온 거라 믿기 어렵다는 듯, 시장은 부산을 떨다 말고 멈춰 서서 이삼 초간 그녀를 바라보았다. "나가지 마요!"

이런 시각에 난데없이 방문객이라니, 그녀의 머릿속에서 오만 가지 추측이 폭풍우처럼 요란하게 오갔다. 정보원이 이렇게 와서 소리를 질러대며 문을 두드린다면 무슨 좋은 일일 리 만무했다. 맙소사! 그녀의 입에서 신음소리가 새어나왔다. 또 무슨 재앙이란 말인가? 광기를 주체하지 못한 그가 그녀를 납치하러 온 것이거나, 남편에게 그녀와 가진 관계를 폭로해 그녀를 버리게 만들 셈인지도. 아니면 남편을 모욕하거나 그들 부부를 조롱하려는 건지도 모르지. 그것도 아니면 그저 남편을 죽이려는 걸까? 아니면 그에게 사과를 늘어놓을 셈인가? 당장으로선 이 모든 추측이 다 그럴듯해 보이기도 하고, 믿기지 않기도 했다. 어쩌면 자신이 벌인 행동을 뉘우치는 건지도 모른다. 충성스러운 관료로서 소임을 다하지 못했다는 어리석은 가책에 문득 시달리다 자신이 국가의 법을 어겼음을 상급자에게 고백하러 온 건지도. 한순간의 쾌락을 대가로 비밀을 누설했음을 털어놓으면서…… 하지만 나는 그에게 아무것도 요구한 게 없었고, 심지어 와달라고 한 이유조차 밝히지 못했어! 그녀는 이렇게 따지고 들며 악착같이 스스로를 변호했다. 이런 생각들이 머릿속에서 맴도는 와중에도 옷을 갈아입는 남편의 동작을 휘둥그레진 눈으로 쫓고 있었다.

"가지 마요!" 그녀는 또 한번 남편에게 애원했다.

"데이지," 그녀가 느끼는 것과는 다른 성질일지언정 그에 못지않은 동요를 감추며 그가 대답했다. "무슨 일이 일어난 게 분명하지만 당신이 불안해할 이유는 전혀 없어."

가지 말라고 한 번 더 되풀이할 새도 없이 그는 벌써 계단을 내려가고 있었다. 이제 모든 게 끝장이야, 그녀는 생각했다. 이젠 어찌해볼 도리가 없었다.

그녀는 얼른 침대를 빠져나가 창가로 갔다. 문 두드리는 소리가 다시 들렸다. "시장님!" 상대는 이제 쉰 목소리로 외치고 있었다. 그녀는 창문을 열었다. 비를 머금은 찬바람에 잠옷이 얼어붙었다. 남편의 발소리에 이어 덜컹대며 빗장 벗기는 소리가 들리자 그녀는 몸이 떨려왔다. 쓰러지지 않으려고 창틀을 부여잡았는데, 정원으로 난 통로에서 두 남자의 목소리가 뒤섞여 들려왔다. 무슨 말인지 알아들을 수 없었다. 드문드문 한숨이 섞이고 분노와 노여움의 탄성으로 툭툭 끊어지는 말들이었다.

그들은 현관문 쪽으로 걸어왔다. 그 순간 권총소리가 들렸다 해도 놀랄 일이 아니었다. 그녀는 형의 선고를 기다리는 피고인처럼 창문에 바싹 다가붙어 있었다. 나무 계단이 그들 발밑에서 삐걱댔다. 당장에라도 이 침실 문을 열고 들어올 거야, 하고 그녀는 생각했지만 그들은 서재의 문을 열고 들어갔다. 전화기의 다이얼 돌리는 소리가 들리더니 남편의 목소리가 이어졌다. "여보세요, 경찰이오?"

뭐라고! 그녀는 소리를 지를 뻔했다. 결국 이렇게 어이없이 끝나는 건가? 어떻게 저리 금세 합의를 보았지? 아니, 있을 수 없는 일이야! 서재에서 다시 남편의 목소리가 들려왔다. "급해요, 제일 유능한 경찰 열 명을 즉시."

그녀는 더이상 아무 생각도 할 수 없었다. 그 순간 정말로 침실 문이 열렸다. 빈 침대를 보고 놀란 듯 남편은 이삼 초간 그대로 서 있다가 그녀의 모습을 찾아낸 듯했다.

"끔찍한 일이 일어났어." 그가 내뱉었다. "당장 가봐야겠소."

"뭔데요? 무슨 일이죠?"

"저기 여인숙에서…… 낯선 자들이 아일랜드인들을 습격했다는군."

"그들을 죽였어요?"

"아니, 부상을 입힌 것 같아…… 가봐야겠소. 당신은 침대로 돌아가 자요."

문이 도로 닫히자 그녀는 다시 창가로 갔다. 머리끝에서 발끝까지 몸이 떨려왔지만 두 남자의 목소리에 이어 자동차 소리가 멀리 사라질 때까지 그 자리에 서 있었다.

"미친 밤이야!" 그녀는 두 눈을 반쯤 감고서 양손으로 관자놀이를 짚고 한숨을 내쉬었다. 그런 다음 몰래 덧붙였다. "어제 하루도 이에 비하면……"

아침 일찍 집으로 돌아온 시장이 사건에 대해 데이지에게 들려준 이야기는 한없이 모호하기만 했다. 그의 말을 들으며 그녀는 조금이나마 사건을 이해했다기보다는 마지막 불씨마저 꺼져버렸다는 느낌이었다.

두세 차례나 질문 공세로 그를 성가시게 할 뻔했지만, 그의 편에서 답변을 거절했다.

"아무것도 묻지 말아요. 무슨 일이 일어난 건지 나도 잘 모르겠으니까. 모든 게 뒤죽박죽이야…… 후유, 무슨 음모인지 수수께끼인지! 잠시 눈을 붙이고 기력을 되찾아야겠어. 머리가 둘로 쪼개질 것 같군."

그녀는 그가 깨어나기를 기다렸다가 더 자세한 정보를 얻으려 해보았지만 그의 말에선 아무것도 건질 수 없었다. 잠깐의 수면으로 머릿속 혼란이 가중된 듯 그의 설명은 한층 모호하기만 했다. 자신의 이야기가 실제로 일어난 일인지 꿈속에서 변형되었는지 스스로도 확신하지 못하는 듯했다. 그의 말은 하나도 믿을 만한 것이 못 되어서, 데이지는 남편이 말 그대로 자신을 속여먹으려 한다고 생각하며 하나의 가설을 쌓아올렸다. 그러니까 정보원이 남편을 불러낸 건 그 틈에…… 그러나 잇따라 들려온 전화벨소리가 이 의심을 말끔히 쓸어냈다. 전화선을 타고 점점 더 큰 울림으로 전해져오는 그 사건은 규모가 훨씬 크고 복잡해 보였다.

그러다 날이 완전히 밝아 첫 보고서들을 비롯해 여러 조서와 증언이 도착했을 때도, 더 나중에 모든 게 예심 서류에 차곡차곡 정리되고 사건의 일부가 신문 지면에 언급되었을 때도, 사정은 나아지지 않았다. 잊을 수 없는 그 새벽에 시장이 아내에게 들려준 이야기보다 명료해진 건 거의 없었다. 그저 세부 사항들이 보완되었을 뿐, 여전히 같은 얘기라는 게 데이지가 받은 인상이었다.

다양한 보고와 증언(영어를 아는 정보원이 제공한 내용이 핵심이었지만)에 기대어 사건은 대충 다음과 같이 요약될 수 있었다.

둘 바자야의 용납 불가능한 사임 탓에 두 아일랜드인의 객실 천장 위에 대신 남아 있어야 했던 정보원은 새벽 두시경 우선 무슨 소리를 들은 데 이어 날카로운 비명소리를 들었다. 증인들의 입을 통해 예외 없이 확인되었고, 다만 그 내용에서만 차이가 나는 소리였다. 첩자는 마르틴의 목소리를 들은 걸로 보고했는데(마르틴이 침입자들의 손에 맨 먼저 부상을 당했다는 사실이 이 주장의 신빙성을 뒷받침해주었다), 일부는—마르틴 자신을 포함해—다른 사람의 비명이라 주장했다. 투숙객들 중 한 명이 아마도 침입자들의 공격을 받은 거라 생각하는 사람들도 있었다. 또다른 견해에 따르면 강도들 가운데 한 명이 무언가에 부딪쳤거나 어둠 속에서 마르틴에게 한 방 먹은 거였고, 그게 아니면 그저 공격 직전에 공포 분위기를 조성하기 위해 소리를 내지른 거였다. 그러나 슈티에펜의 생각으론, 비명을 지른 건 바로 아일랜드인들이었다. 비명은 강도들이 두 외국인의 방문을 부수고 들어가기 전에 들렸다는 마르틴의 주장만 없었어도 슈티에펜의 설명이 가장 그럴듯하게 들렸을 터였다. 그런가 하면 정보원 자신이 내지른 비명이라는 주장까지 나왔다……

서류를 뒤적이던 시장은 그날 밤 여인숙에 있던 사람들 대다수가 이 비명을 중요시한다는 걸 알고 놀랐다. 사건 전체를 두고 볼 때 이 소리가 가장 중요한 역할을 담당하는 건 아니었는데 말이다. 이런 자신의 생각을 털어놓자 증인들은 무슨 몰상식한 말이라도 들은 듯 그를 바라보았다. 이 점에선 그들과 전혀 말이 통하지 않는다는 사실을 시장은 그 어느 때보다 절감했다. 실제로 그는 소리를 지른 이는 아무도 없다고 점점 더 확신하게 되었다. 저마다 다른 누군가가 질렀다고 믿는 소리의 정체는, 그들 중 누구도 제어할 수 없었던 마음속 비명에 불과하다고.

그러니까 그 비명이—비명이라고 추정되는 그것이—들린 순간, 여인숙 문으로 낯선 무리가 쳐들어왔다. 혼란 통에 그들은 강도나 암살자 혹은 정신병동에서 탈출한 이들로 여겨졌다. 맨 먼저 그들을 맞닥뜨린 마르틴은 무리가 휘두른 쇠막대에 머리를 맞아 다쳤다. 무기를 지닌 투숙객도 있었지만 어둠과 갑작스러운 충격 탓에, 혹은 무고한 자가 다칠까봐 사용하지는 못했다. 여인숙 주인이 가까스로 석유램프에 불을 붙였는데 누군가가(분명 강도 무리 중 한 명이) 그걸 낚아채기 무섭게 양손에 들고 부숴버렸다. 그래도 램프에 불이 붙어 있던 몇 초를 틈타 슈티에펜은 은자 프록의 모습을 알아보았고, 이는 침입자들에겐 치명적인 일이 되고 말았다. 나중에 알게 된 바지만, 칠흑 같은 어둠 속에서 우왕좌왕하던 그들은 다친 마르틴의 몸을 밟고 나무 계단으로 돌진해 이층에 있는 아일랜드인들의 방으로 직행했는데, 그러려고 작정하고 온 것이 분명했다. 그들이 문을 부수고 들어가자 아일랜드인들이 소리를 지르기 시작했다. "무슨 일이야?" "거기 누구야?" "사람 살려!" 그들의 방 천장 위에 아직 숨어 있던 정보원도 연이어 일어난 일들을 모두 귀로 듣게 되었다. 문 부수는 소리, 침입자들과 피해자들이 함께 질러대는 고함소리, 헐떡이는 소리, 저주를 퍼붓는 소리, 금속 물체에 가해지는 타격음. 그제야 그는 망보던 자리를 떠나 회전창을 통과해 여인숙 뒷마당으로 내려섰으며, 사건을 알리러 시장이 있는 도시를 향해 달려갔다.

시장과 경찰들이 현장에 도착했을 땐 환각과도 같은 장면이 눈앞에 펼쳐져 있었다. 부서지지 않고 하나 남은 석유램프의 희미한 불빛 속에 야만적인 습격의 흔적이 확인되었다. 마르틴 외에도 투숙객 여럿을 포함해 두 외국인 중 한 명이 부상을 당했다. 다른 한 명은 머리를 양손에 묻은 채 흐느껴 울었다. 그들의 장비 일체가, 특히 녹음기가 엉망이 되어 못 쓰게 된 것이다. 이 녹음기야말로 미친 강도들이 노린 주된 표적이었던 듯싶었다. 기계를 난폭하게 부수는 걸로도 모자라 카세트 대부분을 박살냈으며 테이프를 뜯어내 잘게 잘라 이러저리 흩뿌려놓은 상태였다.

이 모두가 잠깐 사이에 벌어진 일이었다. 여행객들이 정신을 차렸을 때에는 강도들이 이미 어둠 속으로 증발해버린 뒤였다. 여인숙 주인의 말대로라면, 시장이 경찰을 대동하고 도착한 순간에도 강도들이 아직 멀리 가지는 못했을 것이었다. 도망자들 중 한 명이 여인숙 손님들이 쏜 총에 맞은 듯싶으니(모두가 그의 비명소리를 들었으니까), 시장님께서 마음만 먹으면 무리 중 일부는 어렵잖게 잡아들일 수 있을 터였다.

곧 강도들을 쫓는 추격이 시작되었다. 추격자들에겐 다행이게도 달빛이 은은히 비추고 있어, 경찰들은 전조등을 모두 끈 유개차로 대로를 달렸음에도 멀리서도 그들의 윤곽을 쉽사리 알아볼 수 있었다. 부상을 입은 강도와 그를 부축하던 두 공범이 맨 먼저 붙잡혔다. 나머지는 좀더 떨어진 산발치에서 체포되었다. 그런가 하면 은자 프록은 그의 동굴 안에서 완전히 정신착란에 빠져 헛소리를 하는 채로 발견되었다.

이른 아침부터 N시 전체가 이 사실을 알게 되었다. 감옥이 있는 거리에 작은 인파가 형성되어, 범행 동기가 아직 베일에 싸인 그 광신도들이 떼 지어 지나가는 걸 보려고 기다렸다. 가랑비가 다시 내리기 시작했지만 구경꾼들은 흩어질 줄 몰랐다. 그렇게 기다리고 있자니 마침내 길 끝에서 죄인들이 나타났는데, 둘씩 사슬에 묶인 그들은 비에 젖어 이마에 들러붙은 머리카락 탓에 밀랍빛 안색이 더한층 창백해 보였다. 눈 또한 얼굴에 별로 단단히 박히지 않은 듯 툭 튀어나와 보였다.

"은자 프록이다! 은자 프록!" 죄인들과 경찰들로 이루어진 소규모 행렬이 다가오자 질겁한 두세 사람의 목소리가 들렸다. "저 비참한 꼴 좀 보게나!"

"맙소사, 저들 손에 피가 흥건하네 그려!" 한 노파가 중얼댔다. "저리 심하게 다룰 게 뭐람."

"그게 아녜요, 할머니." 누군가가 설명했다. "손에 묻은 건 피가 아니라 녹슨 사슬에서 흐르는 빗물이에요."

이틀 뒤, 이 사건과 관련해 수도의 한 신문은 우선 이 죄인들을 강도떼나 광신자, 무슨 비밀 종교 단체의 일원들로 보도했다. 이어 사건에 대한 몇몇 세부 사항을 비롯해 녹음기와 부서진 카세트에 대한 언급이 뒤따랐고, 기자가 두 외국인 학자와 가진 모호하기만 한 짤막한 인터뷰가 이어졌다. "이제 서사시는 다시 예전처럼 사방으로 흩어져버렸습니다." 잘게 잘린 녹음테이프들을 손가락으로 가리키면서 한 명이 눈물을 글썽이며 말했다. "우리가 재구성하려 했지만 보다시피 자연재해를 만난 듯 산산조각 나고 말았네요." 기자의 보고대로라면, 그 외국인 학자는 '재해'라는 말을 여러 차례, 한번은 '우주적'이라는 형용사까지 동반해 되풀이했다.

XIII

그들은 글로브호텔 객실에서 사십팔 시간 동안 두문불출하며 아무도 만나려 하지 않았다. 그러다 셋째 날이 되자 자신들의 짐을 빼려고 마차를 타고 '물소뼈 여인숙'으로 갔다. 흐린 날씨에다 한겨울처럼 추웠다. 마르틴이 부재한 터라, 그들이 마차까지 짐을 옮기는 걸 슈티에펜이 거의 한마디 말도 없이 도와주었다. 망가져 고철로 화한 녹음기를 비롯해 못 쓰게 된 녹음테이프 대부분은 그곳에 버려두었다. 비교적 덜 손상된 몇몇은 그래도 녹음한 게 남아 있나 싶어 가져가려 해봤지만 결국 윌리가 말렸다.

"그냥 두고 가자고. 무슨 쓸모가 있을 것 같지 않아."

윌리는 쉴새없이 눈을 비볐다. 그의 입에서 더는 불평이 나오지 않았어도 맥스는 친구의 시야가 다시 뿌예지고 있음을 짐작했다. 안약이 든 병이 함께 깨지는 바람에 치료를 중단한 게 상태가 악화된 원인이었다.

마차에 다시 오르며 그들은 마지막으로 여인숙 문 쪽으로 고개를 돌렸다. 반쯤 지워진 간판이 주변 풍경에 포기와 망각의 그림자를 드리우고 있는 듯했다. 마차가 흔들리거나 덜컹거릴 때마다 돌이킬 수 없는 상실감과 비애도 깊어만 갔다. 호메로스의 수수께끼를 푸는 열쇠를 다가서서 손에 넣으려던 순간 놓쳐버리고 만 것이다. 어이없이, 너무도 어이없이! 내년 혹은 몇 년 후 다시 이곳을 찾아 원점에서 연구를 시작할 수 있을 거란 생각이 들기도 했다. 하지만 그러지 않을 것임을, 그럴 일이 없을 것임을 그들은 너무도 잘 알았다. 설령 이곳을 다시 찾는다 해도 그땐 음유시인들의 흔적도 찾을 수 없을 테고, 그들 대부분이 죽었거나 귀머거리가 되어 있을 터였다. 음유시인들뿐 아니라 이 최후의 산실 또한 망각의 먼지로 뒤덮여 있을 터. 지상에서 서사시의 시대가 끝난 마당에 그들이 소멸 직전의 그 마지막 불똥을 그들이 낚아챌 수 있었던 건 그저 우연에 불과했다. 그걸 낚아챘다가 다시 잃어버리고 만 것이다. 서사시의 땅에 황혼의 장막이 영원히 드리운 것이다.

그렇다, 그거였다. 그곳에 영원한 어둠이 내린 것이다. 실제로 자신들의 새로운 방문을 상상할라치면, 스스로 시인하진 않았어도, 머릿속엔 생명이 꺼진 뒤 차갑게 식은 지구를 산책하는 광경이 떠올랐다. 일찍이 둘이서 헛되이 그 비밀을 파헤치려 했던 '위대한 맹인', 그의 지팡이가 짚고 간 자국들이 잿더미 속에 간신히 식별되려나.

마차가 N시를 향해 달리는 동안 그들은 그런 생각에 빠져 있었다. 수도로 데려다줄 차를 기다리며 주말까지 그곳에 머무르게 될 터였다.

지난번 체류 때처럼 그들은 호텔 밖으로 나오지 않았으며 누굴 만나지도 않았다. 그들이 상대한 마지막 주민은 글로브호텔 매니저와 짐꾼 추테였다. 추테는 그들의 짐을 차 타는 곳까지 날라준 뒤 웬일인지 곧장 술집으로 향했는데, 그곳에서 술에 흠뻑 취해 이제까지 사람들이 한 번도 듣지 못한 자신의 첫번째 아내 이야기를 꺼냈다.

며칠이 흘렀다. 이 소도시 사람들은 여느 때와 마찬가지로 사건이라곤 전혀 없는 일주일을 보내고 있었지만, 이곳 기후를 따져볼 때 평소보다 훨씬 많은 양의 비가 내리는 느낌이었다. 그래도 도시의 건축양식뿐 아니라 어찌 보면 생활양식 전체와도 맞아떨어지는, 이 소도시에 잘 어울리는 비였다. 그 단조로운 빗소리가 이곳 주민들의 무거운 짐을 덜어주고 유배와도 같은 그들의 고립된 삶을 조금이나마 치유해주려는 게 아닌가 싶었다.

지난겨울로 말하면, 확실히 처음엔 전혀 그렇게 보이지 않았어도 결국 일련의 유별난 사건들을 가져다준 터였다. 외국인 학자들의 도착, 그후로 호메로스와 이 지역 사이에 수립된 관계, 여자들의 험담과 웃지 못할 고민들, '물소뼈 여인숙'의 수수께끼들, 영어를 아는 정보원의 뒤이은 도착, 여인숙이 당한 기이한 습격, 사슬에 묶인 핏빛 행렬, 수도에서 몰려든 기자들, 이 모두는 N시 같은 후미진 소도시가 감당하기엔 벅찬 사건들이었다. 그것도 단 한 계절에 몰려 일어난 것들이고 보면.

그런데 이제 이 모든 사건들이 사람들의 뇌리에서 조금씩 희미해져갔다. 이 모든 엉뚱한 일들에 처음엔 적대적이었다가 다른 이들의 압박에 결국 굴복하고 만 이들이 이후로는 이 도시 카페에 모여 단호한 목소리로 되뇌었다. "우리한텐 아주 잘된 일이야. 우리 도시를 사오천 년 전에 죽은 자와 연결 지을 필요가 뭐 있었느냔 말이야? 그보다 더한 바보짓은 없고말고! 토마토소스 공장이라든지, 벌써 오래전부터 귀가 따갑도록 들어온 온천장 개장이 문제라면 그래도 봐줄 만하지, 이건 말도 안 되는 일이야. 공상적인 애국심의 발로야! 한물간 우상숭배고, 줄에 매여 유령을 따라다니는 꼴이라고! 무슨 유령이냐고? 그야 눈먼 유령이지!"

그 말을 듣고 있던 이들은 천천히 고개를 끄덕이며 이렇게 말하는 듯했다. "정말이야, 얼마나 골이 비었길래 우린 그런 생각을 못한 거지? 눈먼 유령이라니, 맙소사! 그래도 이 모든 게 더 큰 손실 없이 끝난 게 천만다행이지. 상황이 더 나빠질 수도 있었잖아."

이게 바로 사람들의 생각이었는데, N시 산부인과 의사의 생각은 달랐다. 그날 목요일 오후, 그는 개인병원으로 일부를 개조한 자신의 거처 이층의 커다란 통유리창 앞에 서 있었다. 방금 진료를 마친 여자가 비를 맞으며 물웅덩이를 조심조심 피해 좁은 골목길을 걸어가는 모습이 보였다.

의사의 타원형 얼굴, 턱과 윗입술 사이 어딘가에(얼굴형이 길쭉한 탓에 전체적인 조화가 평범한 생김새와는 달라 보였다) 미소와도 같은 무언가가 떠다녔다. 조소어린 동요의 표정이라고도, 아니면 긴 기다림 끝에 마침내 해소된 궁금증이라고도 할 수 있는 무언가였다.

그렇다, 두 외국인의 N시 방문이 남긴 후유증을 모조리 없앤다는 건 그리 만만한 일이 아니었다.

그의 시선이 미끄러지면서 흰 수납장 안에 정리된 차가운 빛을 발하는 의료기구들로 향했다. 그렇다, 저 여자에게 일어난 일을 무효화하려면 저 기구들로 그녀의 자궁을 손봐야 할 것이다.

믿기지 않는 일이야! 이제 여자가 사라지고 없는 골목으로 다시 그의 시선이 향했다. 그녀가 자신의 병원을 찾을 날을 오래전부터 기다려온 터였다! 날이 가고 달이 가며 그는 생각했었다. '저 여잔 시장 남편을 절대 배신하지 않겠군!'

그런데 더는 그런 생각을 하지 않게 된 순간, 그녀가 찾아온 것이다. 예상대로 그녀는 임신한 상태였다.

"임신입니다, 부인." 그녀는 빰이 붉게 달아오른 채 의사의 선언에 귀기울였다. 상대가 무슨 해명을 구하기도 전에, 마치 둘 사이에 오래전부터 암암리의 합의라도 있었다는 듯이 그녀는 말하기 시작했다. 그렇다, 그녀는 그에게 감추려 하지 않았다. 그래봐야 부질없는 짓일 테니까. 아무것도 숨기지 않을 것이었다. 그녀는 두 호메로스 연구자 중 한 명, 정확히 말해 녹내장을 앓는 쪽과 관계를 가진 것이다…… 대략 그런 내용이었다. 암기라도 한 듯 거의 기계적으로 내뱉은 말들. 그녀는 이미 문 쪽으로 시선을 둔 자세로 서둘러 옷을 다시 입었다. 수술일을 언제로 잡으면 좋겠냐는 의사의 질문에도 대답하지 않았고, 그녀를 안심시키려는 마지막 말에도 반응이 없었다. 자신은 그저 시골 의사에 불과해도 신사여서, 그녀의 남편은 이 일에 대해 아무것도 알 수 없을 것임을 믿어도 좋다는 말이었다……

결국 그렇게 됐군…… 의사는 빗물로 흐려진 창유리 앞에 그대로 선 채 생각했다. 이런 촌구석에서 무슨 일이 일어나는지 누군들 상상이나 할까? 그래도 습한 날씨면 도지는 오래된 류머티즘처럼 회한이 엄습해왔다. 그의 긴긴 이력을 화려하게 장식한 그 많은 일화들을 기록으로 남기지 못한 데 대한 아쉬움이었다.

아마도 같은 날, 알바니아를 떠나는 두러시-바리 항로 여객선 갑판 위에서 윌리 노턴과 맥스 로스는 망토 달린 짧은 외투로 몸을 감싼 채 해안선이 조금씩 멀어져가는 모습을 지켜보았다. 사실 지켜본 사람은 맥스 혼자였고, 다른 한 사람은 이제 거의 아무것도 분간할 수 없었다. 출발을 기다리던 일주일 동안 맥스는 친구더러 안과 치료를 받아보라고 설득했지만 윌리는 무관심한 반응으로 일관했다. 딱 한 번, 뉴욕에 도착하는 대로 치료를 받겠다고는 했어도 암울한 체념이 고스란히 전해지는 말투였다.

맥스는 친구의 옆모습을 훔쳐보며 자신 역시 어떤 체념을 경험하고 끔찍한 결말을 받아들였다는 사실을 떠올렸다. 호메로스의 복수…… 아무리 몰아내려 애써도 어느새 머릿속에 스며들어 있는 생각이었다. 그 '위대한 맹인'이 자신의 비밀을 파헤치려는 이들에게 그런 식으로 앙갚음한 건 아니었을까?

생각만으로도 전율이 일었다. 호메로스의 어둠 속으로 잠입하려면 이런 시력 상실이 불가피한 전제 조건인 게 아닐까?

맥스는 이 우울한 상념을 떨치려는 듯 몸을 움직였다. 그러다 배를 타기 전 항구에서 산 일간지가 호주머니 안에 있음을 문득 떠올렸다. 그는 꺼내든 신문이 바람에 날려가지 않도록 한 손으로 꽉 잡은 채 윌리에게 말했다.

"이런, 이것 봐! 우리 얘길 하고 있어……"

"아, 그래?"

두 사람은 바람이 들지 않는 장소를 찾았고, 그곳에서 맥스가 먼저 신문을 읽기 시작했다.

"강도들에 대한 재판이 곧 열릴 예정이야." 그가 잠시 뒤 읽기를 중단하고 말했다. "사건의 주동자들과 관련해 흥미로운 가정을 내놓고 있군……"

"정말이야?"

"세르비아인들 얘기를 하고 있어." 맥스가 바람에 펄럭이는 신문을 한 손으로 고르며 말했다.

"그렇군, 그래!" 윌리가 거들었다. "호인처럼 보이던 그 수도승 기억나?"

맥스의 손에 들린 신문이 미친듯이 펄럭였다.

"그보다 다음 얘기를 들어봐! '편협한 슬라브족 국수주의자들이 알바니아의 오래된 뿌리를 찾는 일에 헌신하는 학자들을 공격한 건 이번이 처음은 아니다. 특히 알바니아인들이 일리리아의 후예라는 말을 들으면 그들은 야만적이고도 잔인한 질투에 사로잡히는데, 그건 발칸국 전역에 퍼져 있는 현상이다.' 흠…… 잠깐, 그다음엔 뭐지? '직접적이든 간접적이든 이 문제를 다루는 이들은 그들에겐 모두 적이다. 약 십 년 전 자그레브의 어두운 골목에서 자국 학자 밀란 슈플레*를 쇠막대로 쳐죽였던 이들의 손은 대서양을 건너와 두 호메로스 학자들을 덮칠 때에도 한 치의 떨림이 없었다.'"

윌리는 맞아서 부기가 아직 가시지 않은 한쪽 관자놀이에 손가락을 갖다댔다.

"아, 이것 봐. 안쪽에 우리에 관한 기사가 더 있군." 맥스가 말을 이었다.

기사를 읽는 동안 그의 이마에 잡힌 주름이 초조하게 움직였다. 맥스는 두세 차례 고개를 끄덕였는데, 처음엔 미소가 떠오르는가 싶더니 곧 중얼대듯 말했다.

"믿기지 않는 일이야!"

"뭐가?"

"믿을 수가 없어, 윌리!" 그는 신문에서 눈을 떼지 않은 채 되뇌었다. "우리가 찾으러 다닌 '에피벤트'가 여기 있어! 주제가 뭔

* 크로아티아의 역사학자이자 정치가(1879~1931).

지 알아? 믿기지 않는 일이야! 정말이지 따끈따끈한 에피소드군. 그러니까…… 우리 둘에 관한 서사시야!"

"무슨 말을 하는 거야?"

"자, 이것 보라고! 아 참, 자넨 글자가 안 보이지…… 미안하네, 윌리. 제정신이 아니었어. 잠깐, 내가 읽어줄게. '검은 아프라트 하나가 물결 위로 떠올랐네……' 이런 말로 시작하는군."

"뭐, 뭐라 했지?" 윌리가 더듬거렸다.

"'검은 아프라트 하나가 물결 위로 떠올랐네……'"

"아프라트라니, 그게 뭐지? 무슨 말인지 전혀 모르겠는데."

"아파라투스, 그러니까 녹음기를 내 생각엔 알바니아식으로 표기한 것 같아." 맥스가 말했다. "틀림없어. 자, 그다음을 들어봐."

"검은 아프라트 하나가 물결 위로 떠올랐네.
우리한테 복을 주러 온 거라 말하는 이 있고,
죽음의 슬픔만 불러올 거라 말하는 이도 있네.
얼어붙은 밤꾀꼬리들을 되살려낼 거라 말하는 이 있고,
기필코 라후타를 얼어붙게 할 거라 말하는 이도 있네……"

맥스는 놀란 친구의 마음을 함께 나누려는 듯 눈을 들었다. 방금 읽은 내용이 아직도 믿기지 않았다.

"더 있어?" 윌리가 물었다. "계속해봐!"

맥스는 침을 삼킨 뒤 다시 읽기 시작했다.

"은자 프록이 동굴에서 나왔네.

칠 년을 은거한 동굴이라네.

그를 정직한 인간이라 믿은 이 있었고,

악의 화신이라 믿은 이도 있었네.

맙소사! 그가 아프라트를 낚아채

검은 피가 치솟게 하고,

내장을 하나하나 끄집어냈네.

그의 절규에 산과 하늘이 흔들렸네……"

맥스는 신문에서 눈을 떼고 다시 친구를 바라보았다. 최근 들어 맥스도 익숙해진 친구의 초연한 시선은 종잡을 수 없는 빛을 띠었다.

"틀림없는 우리 얘기군……" 윌리가 자신도 모르게 알바니아어로 말했다.

"참담한 오해지 뭔가!"

오해를 바로잡기엔 이제 너무 늦은 시점이었다. 이 오해로 말미암아 그들 역시 수수께끼 같은 이 우주의 일부가 될 터였다.

원이 도로 닫히고 만 것이다. 배의 기적 소리가 크고 길게 울려 퍼졌다. 맥스가 다시 신문을 들춰보려는데, 그 순간 윌리의 얼굴에 떠오르는 표정이 문득 그의 시선을 낚아챘다. 상대의 얼굴에서 무언가가 꿈틀대는 느낌이었다. 마치 내면으로 흡수되어 표면엔 바람에 단련된 낡은 외피만 남겨진 얼굴이랄지. 눈 역시 실명이 닥친 사람들의 눈이 그렇듯 조각상의 눈을 닮아 있었다.

"'검은 아프라트 하나가 물결 위로 떠올랐네……'" 윌리가 아주 작은 소리로 읊조렸다.

조금 당황한 맥스는 "무슨 말 하려는 거야?" 하고 물을 뻔했지만 무의미한 질문임을 곧 깨달았다.

난데없이 윌리가 자신의 몸이 아닌 다른 몸에 속한 듯한 동작으로 오른손을 망토 밖으로 내뻗더니 얼굴 높이까지 들어올렸다. 그런 다음 손바닥을 펴서 볼 위쪽과 귀 사이에 갖다댄 채 목덜미 위로 닭 볏처럼 손가락을 펼쳐 보였다. 마제크라 동작이다, 하는 생각이 맥스의 머릿속을 스쳤지만 그 이상 생각을 이어나갈 겨를이 없었다. 그새 친구가 방금 전에 들은 시구를 특징 없는 밋밋한 목소리로 노래하기 시작한 것이다.

그가 놀랍도록 정확하게 되풀이한 시구들은 단선율에 실려 한층 먼 시공으로부터 오는 듯한 착각을 불러일으켰다.

'맙소사!' 맥스는 생각했다. '정말로 병이 난 거야. 죽을지도

모르겠군……'

두 차례나 죽음이라는 말이 그의 머릿속을 스쳤지만, 이상하게도 이젠 그 말이 전혀 무겁게 와닿지 않았다. 그 말은 그저 또 다른 무언가를 감싸고 있는 껍질에 불과했다.

티라나, 1981년 12월.

에릭 파이*

작은 불씨, 한마디 말이나 짧은 만남에서 탄생하는 책들이 있다. 『H 파일』도 그런 경우다. 1979년 8월 어느 날, 이스마일 카다레는 터키 앙카라에서 앨버트 로드라는 미국인을 알게 된다. 그 미국인은 호메로스가 쓴 서사시의 흔적들을 연구하기 위해 1930년대에 밀먼 페리라는 같은 미국인과 함께 알바니아에 체류한 적이 있었다고 고백한다. 연구의 목적은 호메로스가 서사시의 단독 저자였는지 아니면 한 '편집진'의 수장이었는지를 밝혀내는 것이었는데, 그들은 두번째 가정이 옳다는 결론을 내리

* 1963~, 프랑스의 소설가이자 문학평론가. 카다레에 관한 다섯 편의 평론을 발표한 바 있으며, 장편소설 『솔리튀드 장군』 『파리』 등 다수의 저서가 있다.

게 되었다고. 어쨌거나 카다레와 미국인의 대화는 채 오 분도 이어지지 못했다. 당시 알바니아인에겐—특히 국외에서는—외국인과 말하는 것이 금지되어 있었던데다, 미국인이라면 더더욱 그랬기 때문이다. 하지만 카다레는 귀국 즉시 창작에 몰두했고, 그 몇 분의 대화에서 한 편의 소설이 탄생하게 된다.

이 소설에선 다른 어떤 소설보다 고대 그리스인들에 대한 작가의 애정이 뚜렷이 드러난다. 카다레는 그리스에서 30킬로미터 떨어진 곳에서 태어난 작가다. 폐허가 된 극장들이나 동굴들을 비롯해 지옥으로 이어진다는 강들에 이르기까지, 가는 곳마다 그리스신화를 일깨워주는 풍광을 지닌 고장이었다. 그렇더라도 『H 파일』에서 경의를 표하는 대상은 그리스인 전체라기보다는 탁월한 그리스인이었던 '위대한 맹인' 호메로스다. 카다레의 소설 『콘서트Koncert në fund të dimrit』나 『큰 고독의 겨울Dimri i madh』이 셰익스피어에게 경의를 표했으며, 『피라미드』나 『그림자』가 단테에게 경의를 표했듯이 말이다.

『부서진 사월』에선 비극적 차원이 지배적이라면, 『H 파일』에선 그로테스크한 차원이 한껏 부각되고 있다. 이 소설에서 카다레는 그의 유머 기법 중 하나로서 이방인들을 알바니아에 대치시키는 기법을 사용하는데, 그렇게 해서 몰이해와 오해, 희극적인 상황이 벌어진다. 『죽은 군대의 장군』에서 이미 사용되었으며 이후 중국인들이 등장하는 『콘서트』에서도 찾아볼 수 있는 장치다. 요컨대 이물질들이 알바니아라는 '유기체'로부터 매번 거부당한다는 것.

『부서진 사월』에서처럼 『H 파일』의 독자 역시 설화의 배경 속으로 던져진다. 맑은 날이면 알바니아 기사담에서 자주 등장하는 '저주받은 산정'이 멀리서 모습을 드러낸다. '검은 계곡'(실제로는 누런색인데 카다레가 '검다'고 부른)도 마찬가지다. 소설에서 두 외국인은 바로 자신들의 연구 주제로 말미암아, 설화의 창조자가 누구인가를 문제삼는 발칸반도의 오랜 분쟁에 부지중에 말려든다. 즉 삼천 년 묵은 과거를 탐색하다가 현재의 증오와 맞닥뜨리게 되는 것이다. 영토라는 문제를 넘어서서 시대와 시간 자체를 쟁점으로 삼는 갈등이다.

『H 파일』에서 카다레는 시간에 대한 특별한 관심을 표명한다. 우선 그는 기억의 전수 과정과 망각에 대해 성찰하는데, 이는 『치욕의 둥지』나 『아이스킬로스, 위대한 패자』를 쓴 작가에게는 각별한 소재이기도 하다. 그런가 하면 작가는 문학적 기재를 탐구하면서 『H 파일』의 두 연구가와 관련해 "유럽의 서사시는 물론 아이슬란드의 영웅담에서도 그들은 시간이 이렇게 사용되는 걸 본 적이 없었다"고 쓰고 있다. 카다레는 서사시의 메커니즘에 매료당하며, 유구한 세월 속에 변모를 거듭하는 서사시처럼 그 자신도 예전에 쓴 책의 내용을 수정하면서 재판을 찍을 때마다 다른 버전을 내놓는다. 음송된 노래가 영구불변인 건 아니듯 말이다.

서사시가 한 음유시인에게서 다른 음유시인에게로 구전되듯, 『H 파일』에서도 청각은 으뜸가는 역할을 맡는다. 호메로스는 맹인이었지만 중요한 건 오직 그의 목소리였다. 『H 파일』의 이어지는 장들에선 등장인물들 모두가 서로에게 혹은 자기 내면의 소리에 귀기울이며, 기계들마저 인간의 목소리에 귀기울인다.

1980년대 초 〈넨토리Nentori〉지 두 호에 걸쳐 소개된 『H 파일』은 당시 알바니아 문학비평계로부터 완전히 외면당했다가 1990년에야 비로소 책의 형태를 갖추고 출간되었다. 정부는 이 소설을 출간한 〈넨토리〉 편집진을 비난했다. 『H 파일』이 설화를 주제로 삼았다는 둥, 스파이 공포증을 희화화했다는 둥, 비난의 이유는 다양했다. 여행자라면 누구나 행동과 몸짓과 말을 감시당해야 했던 공산주의 치하 알바니아에서 자행되던 외국인 감시라는 주제 역시 이 비난에 일조했다.

한편 이 책에서는 그 당시 금서 조치 대상자였던 알바니아 작가 파이크 코니차Faik konitza의 매혹적인 초상화가 그려지기도 한다. 검열이 행해지던 시기여서 이름이 명시되지 않았을 뿐, 소설에서 주미 전권공사로 등장하는 인물이 바로 그다.

한마디로 알바니아 공산주의 체제의 충성스러운 종복들에게는 눈엣가시였을 수밖에 없는 소설, 그것이 『H 파일』이다.

옮긴이 **이창실**
이화여자대학교 영어영문학과를 졸업하고, 프랑스 스트라스부르대학교 응용언어학 과정을 이수한 뒤, 이화여자대학교 통번역대학원 한불과를 졸업했다. 이스마일 카다레, 실비 제르맹, 크리스티앙 보뱅의 책들을 비롯해 『글렌 굴드, 피아노 솔로』 『프란츠 카프카의 고독』 『키에르케고르』 『빈센트 반 고흐』 및, 『너무 시끄러운 고독』 『세 여인』 『어느 삶의 음악』 등을 우리말로 옮겼다.

문학동네 세계문학

H 파일

1판 1쇄 2000년 9월 25일
개정판 인쇄 2022년 10월 13일
개정판 발행 2022년 10월 27일

지은이 이스마일 카다레 | 옮긴이 이창실
책임편집 양수현 | 편집 신선영 고선향
디자인 고은이 이효진 이원경 | 저작권 박지영 형소진 이영은 김하림
마케팅 정민호 이숙재 박치우 한민아 이민경 안남영 왕지경 김수현 정경주
브랜딩 함유지 함근아 김희숙 고보미 박민재 박진희 정승민
제작 강신은 김동욱 임현식 | 제작처 천광인쇄사(인쇄) 신안문화사(제본)

펴낸곳 (주)문학동네 | 펴낸이 김소영
출판등록 1993년 10월 22일 제2003-000045호
주소 10881 경기도 파주시 회동길 210
전자우편 editor@munhak.com | 대표전화 031) 955-8888 | 팩스 031) 955-8855
문의전화 031) 955-3578(마케팅) 031) 955-2684(편집)
문학동네카페 http://cafe.naver.com/mhdn
인스타그램 @munhakdongne | 트위터 @munhakdongne
북클럽문학동네 http://bookclubmunhak.com

ISBN 978-89-546-8887-1 03860

잘못된 책은 구입하신 서점에서 교환해드립니다.
기타 교환 문의 031) 955-2661, 3580

www.munhak.com